U0098318

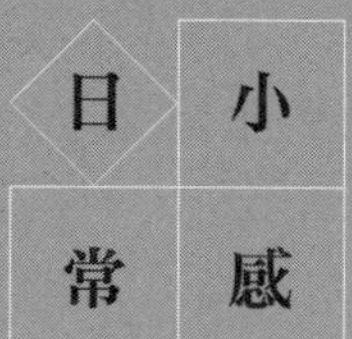
日常小感

林芙美子 著
侯詠馨 譯

林芙美子短篇小說選

有苦有樂的放浪人生

目次

導讀

在市井文學的路上，細緻描繪女性情感的流動

◎廖秀娟（元智大學應用外語學系副教授、日本大阪大學文學博士）

作家林芙美子早期是以無政府主義以及達達系的詩人出道，藉由小說〈放浪記〉的暢銷一舉受到全國的矚目，確立了她在文壇的作家地位。之後發表了〈手風琴與魚之小鎮〉、〈清貧之書〉等帶有詩意散文風格的作品。初期時的寫作風格深受抒情新詩風格的影響，之後漸進轉向寫實主義小說，發表了多篇長、短篇作品，晚期作品〈晚菊〉、〈浮雲〉受到高度的評價。

林芙美子一九〇三年除夕以私生女的身分，誕生於福岡縣門司市。她在自傳風

長篇小說〈放浪記〉曾經寫到「我是宿命的放浪者，我沒有故鄉」，自小跟著母親菊（kiku）與養父澤井喜三郎從長崎、佐世保、久留米、下關等地到處輾轉行商，每日都是反覆在一頓溫飽或飢餓中求生，小學也因長時期跟隨父母移動行商而休學、轉學不斷，一直到一九一六年一家人在尾道安定下來後，在瀨戶內海溫暖的氣候與恬靜生活的滋養下，首次有了一段平靜安穩的學生生活。她在尾道將小學學業完成，文才受到恩師小林正雄的肯定並鼓勵她進入尾道市立女子高等女學校就讀，當時旅行商人家庭出身的小孩能夠考進高等女學校是一件非常稀奇少見的事。而她也因為進入高中，有幸接受到兩位國語教師森要人、今井篤三郎的指導，因而啟蒙了她的文學之路。

一九一七年林芙美子與租屋處房東的親戚、尾道商業學校學生岡野軍一相戀互訂終身，女高校一畢業之後，就追著已早一年進入明治大學商科專門部就讀的岡野來到東京並開始同居生活。林芙美子一邊修練自己的文筆，一邊工作一邊等待岡野軍一完成學業之後步入婚姻。但是，一九二三年春天岡野畢業之後返鄉，兩人的婚嫁遭到岡野家人的反對，岡野在壓力之下狠心背棄兩人盟誓。如今回頭來看，林芙美子會走上詩人、作家之路，非常關鍵的原因之一是岡野的背棄，這讓她放棄了對於平凡家庭生活的幻想，而決心踏上文學之路。她選擇留在東京奮鬥，當時正好遇到第一次世界大戰之後的不景氣，女人要單靠自己一人謀生是極為艱苦的事。但是她自小跟著父母四處流浪賣貨過慣苦日子，絲毫不畏懼，之後曾經到過作家近松秋江家中幫傭、也當過工廠女工、餐飲店的服務員、股市的事務員、女性新聞記者，一邊工作一邊找尋可以發表作品的機會。一九二四年林芙美子的詩作才能受到劇場「藝術座」知名男演員田邊若男的肯定，兩人結婚，婚後不久林芙美子就發現他戲劇上的搭檔山路千枝子是他的愛人，兩人婚後仍藕斷絲連，這次的婚姻只持續了幾個月就結束了。然而，卻也因為田邊若男的引薦介紹，芙美子與當代無政府主義者作家們結識而成為同人，並且發表詩作於雜誌《文藝戰線》。

之後遇到了同樣是詩人的野村吉哉，他的年紀比芙美子稍長一歲，是個患有肺結核病的貧苦詩人，兩人窮困的同居生活極為悲慘，須要芙美子到咖啡廳擔任座枱陪酒的女服務生來賺錢養家，這使得因病在家吃軟飯的野村，一稍不得志就發怒，殘暴地以毆打芙美子來發洩情緒。她與之後一路陪伴呵護她到最後的丈夫手塚綠敏的相遇契機，就是某次她為了躲避野村的毆打竄逃進入的房間剛好是手塚綠敏的，兩人因此相識，進而步入婚姻。

手塚綠敏是長野縣農家出身的次男，個性敦厚穩重，父母資助他讓他赴東京學畫，他卻隱瞞父母私下與芙美子同居結婚。東窗事發之後，父母斷絕金援，拒絕再資助他在東京的生活。綠敏在父母的援助之下一直過著自由專心學畫的生活，但也因此次機會看清自己的才華有限，一個無法大賣的西洋畫師與一個作品投不出去的詩人作家只能過著貧困的生活，因此他放下身段決心為舞台描繪背景、以及戲劇看板的油漆畫來謀生換取一筆固定的收入養家，夫妻兩人過著貧窮中仍帶有詩意的婚姻生活，芙美子專心撰寫詩與小說投稿到出版社，雖然她不知道自己的文章何時可以被世人所看見，但她總是相信那一天終究會到來。由於沒有錢搭電車，芙美子總是走路來節省開支，有時她人還沒有回到家中，被《朝日新聞》學藝部退回的稿件已經比她先回到家，丈夫怕她難過，有時會將原稿藏在衣櫥裡。根據和田芳惠的說法，芙美子曾經告訴過她，妙法寺的本堂後方有一個小小的為了通風而開的洞。妙法寺以其靈驗而受到當時很多花柳界人士的信仰崇拜。謠傳只要有了喜歡的人，可以來妙法寺偷偷用雞蛋塞著孔洞許願，就可以和心愛之人在一起。輾轉得知這事的林芙美子，只要一有須要補充營養時就會去那裡偷拿雞蛋來進補。綠敏以他質樸包容開放的心來接納芙美子的過去與身世的不完美，在他的支持之下，被放置在金庫中多年的〈放浪記〉原稿終於在一次因緣際會下被改造社發掘出版，以每本定價三十錢的價格一舉躍上銷售冠軍書，光改造社就賣出了五十萬本，靠著版稅的收入，夫妻兩人終於脫離了貧窮的生活。

早年的歷練以及年幼時的顛沛流離、情感路上愛人的背叛這些生命中傷心的刻痕都化為她寫作時的豐沛土壤，使得她筆下的人物與描述的男女情愛絕非單一的男歡女愛，而是情感與理智掙扎愛恨交織的多重面相。從瀨戶內海臨海的小都市隻身來到東京，徘徊在大都市底層角落，忍受著貧窮、飢餓、絕望、屈辱，仍不忘記對未來抱持希望亦不失去闊達的心胸，以微笑來對抗失意。她也同樣將寫作的眼光聚焦在這些共同在底層掙扎求生的庶民的身影。

本書中一共收錄七篇小說，有戰前與戰後時期的作品，當中〈瑪瑙盤〉的背景還跨足到歐洲巴黎。一九三一年十一月林芙美子取道朝鮮，搭乘西伯利亞鐵路一個人前往巴黎。芙美子雖然年輕時嘗盡貧窮的苦澀，但是只要經濟狀況許可，就算是獨行她也毫無畏懼地踏上旅途浪跡天涯。她的足跡遠到過倫敦、巴黎，滯歐期間定期持續將紀行文寄回日本國內。〈瑪瑙盤〉一作描寫主角寒子為了學畫定居在巴黎期間，認識了兩位極度貧窮美麗的外國女子，以及一位為了法國再次革命的夢想，挺而走險刺殺首相的共產黨青年。故事最後，陪伴她一起共同在異國巴黎找尋夢想的朋友們，相繼不告而別選擇死亡，讓她深刻體悟到異鄉人在巴黎的孤獨。

首篇作品〈晚菊〉於一九四八年十一月刊登於《別冊文藝春秋》，曾經榮獲女流文學獎的肯定，與〈浮雲〉並稱為林芙美子晚年的傑作。故事內容描寫年紀已到五十六歲的阿金，容貌年輕細緻與其年齡不符，數年前分手的小舊情人田部突然將於今晚來訪，相隔多年的再相會使阿金滿心期待，開始仔細的打扮準備。然而當男人一出現，隔著取暖的火缽相坐，阿金看著男人的蒼老低俗一度悸動的心開始冷卻，再加上知曉田部登門不是要續前緣而是為了借錢而來時，阿金看著田部的眼神與態度立即轉為冷淡。當田部領悟到阿金絕不會借錢給他時，他清楚地意識到深夜房裡只有他們二人與一名聾啞女僕，頓時萌生殺意欲殺人奪錢，情節氣氛緊繃，最後在女人的機敏反應與男人來回攻防下順利化解。〈晚菊〉一作寫作筆觸成熟，正面描寫女性一人面對衰老單獨過活的孤獨與性的渴望。中村光夫曾經評論本書是林芙美子做為女性作家的重要達成點，也是促使她內心裡詩人再復活的重要機緣。

本書中同樣發表於戰後作品的是一九五七年作品〈淪落〉，故事描寫戰後為了活下去每個人每天都拚死命的在尋找食物。而此時卻有一名鄉下小女生卻瞞著家人偷跑去東京，隨性放縱慾望最後不斷向下沉淪而無法自拔。

〈「里拉」的女子們〉一作則是以坐枱小姐為角色設定的作品，描寫銀座料理店中的服務員們和當中一人直子的生命起　。帶著孩子辛苦求生的直子，愛上了店裡的客人牧與他彼此相愛，然而牧卻有妻有子，兩人情路坎坷命運多舛，作品詳細描寫女子一人試圖扶養小孩長大的孤獨、困境與不安。

〈濕濡的蘆葦〉發表於一九四〇年，故事描寫對現況不滿的丈夫廣太郎在外面有了新歡，因工作遇到瓶頸，找不出工作的意義，他認為人們工作不過是不斷的計算別人的錢財，這使得生命顯得毫無意義。並開始覺得太太的無知令人感到厭煩，最後帶著愛人離家出走外出度假。傷心的妻子藤子則決心不再忍受丈夫的外遇，決定帶小孩去會會初戀情人，反而因此變故與孩子們一起轉換視點，開啟了一個新的世界與幸福。而丈夫回家後看到無人空虛的家裡突然思念起妻子與小孩，後悔不已卻也已經來不及挽回。

本書當中描寫男女情感最複雜動人的則是作品〈朝夕〉。央子與嘉吉是一對夫妻，後來因為生意經營失敗，夫妻兩人決意離婚，順便夜逃來躲避房東的追債。兩人決定分手前先將手頭上的錢拿去熱海溫泉旅館度假，重溫當年舊夢。分手後女主角央子看似功利欲與丈夫嘉吉以離婚切割，卻又依戀不捨，將自己至飲食店重操舊業陪酒的第一筆錢偷偷塞給丈夫。看似現實理性卻又依戀不止，作品呈現戀人之間多重的面相與愛的形式，值得一讀再讀。在林芙美子擅長描寫貧窮、悲傷、流離、背叛、懊悔的文筆中，總是不忘為讀者們留下一筆希望，來對抗生命的嚴竣挑戰。

晚菊

林芙美子（はやし ふみこ，1903 年— 1951 年）

在流逝的歲月之中，她曾經飛躍，也曾經墜落。不過，過去的女子絲毫不曾變化，勇敢無懼地坐在原地。田部直盯著阿金的雙眼。眼周的小細紋也一如往昔。

「我會在傍晚五點左右登門叨擾。」接到這通電話之後，阿金睽違一年地抱著「哦，這樣啊。」的心境，離開電話看了看時鐘，距離五點差不多還有兩個鐘頭。在這段時間裡，首要任務就是先去泡個澡，阿金讓女傭提早準備晚餐，自己急著去洗澡。她非得讓自己看來比兩人分手時更年輕不可。如果對方察覺到自己的老態，就是自己的挫敗了，阿金花時間泡了澡，泡完後取出冰箱裡的冰塊，搗碎之後用雙層紗布包起來，在鏡子面前，以冰塊仔仔細細地按摩臉上的每一個角落。她的臉又紅又麻，皮膚幾乎都快要沒有知覺了。五十六歲的女人，這個年紀在她的心裡張牙舞爪，不過阿金歷經長年的修行，能夠毫不馬虎地隱瞞女性的年齡，她以珍藏的進口面霜抹在冰冷的臉上。鏡子裡映照出一名臉色猶如死人般蒼白的女子，她那張蒼老的臉睜大了雙眼。化妝化到一半，她突然對自己的臉感到厭惡，她想起過去曾經印製成彩色明信片的那個豔麗又美麗的自己，阿金將膝蓋彎曲，凝視著大腿的肌膚。大腿已經不再像過去那般豐腴圓潤，纖細的靜脈血管清晰可見。然而，大腿還不至於乾瘦枯槁，成了她的慰藉。大腿緊密地貼在一起。泡澡的時候，阿金總會端正跪坐，再把熱水倒在併攏大腿的凹陷之處。熱水會積聚於大腿的凹溝處。這是讓她放鬆的安穩，撫慰了阿金逝去的年華。她還有本事吸引男人。她發現這件事成了她人生中唯一的依靠。阿金分開雙腿，像在撫摸別人的大腿一般，輕撫著大腿內側的肌膚。大腿內側光滑柔嫩，猶如上了油的鹿皮般柔軟。阿金想起西鶴[1]的《諸國遍歷伊勢物語》（諸国を見しるは伊勢物語），提到前往伊勢觀光時，玩了一個遊戲，那裡有兩位彈著三味線的美麗女子——阿杉與小玉，在彈著三味線的女子面前，拉著一張大紅色的網子，從網子的孔對準兩位女子的臉丟錢，拉起的紅色網子宛如錦繪[2]般絢麗，對現在的自己來說，似乎早已成了遙不可及的往事。年輕的時候，她強烈地感受到自己只顧著追求財富，隨著年歲增長，再加上經歷戰爭無情的波折，阿金只覺得沒有男人的生活空虛、百無聊賴。上了年紀之後，自己的美麗也逐漸有所變化，她感到自己的美感風格，也逐年出

譯註1　井原西鶴，一六四二—一六九三。江戶時期的浮世草子、人形淨琉璃作者，亦為俳句詩人。

譯註2　浮世繪的型態之一。

現變化。隨著年歲增長，阿金不會再犯下打扮華麗的蠢事。身為一個年過五十，養成審美眼光的女子，阿金最討厭在瘦弱的胸口戴項鍊，穿著跟湯文字[3]沒什麼兩樣的紅色格紋裙，套上白色絲質的寬版襯衫，再用寬帽簷的帽子遮住額頭的皺紋，她最討厭這種不自然的花招了。相反地，她也討厭從和服領口露出紅色衣襟，那種類似賣春女子的低俗品味。

直到這個時代，阿金從來不曾穿過西式服裝。清爽的雪白色縮緬[4]衣襟，配上藍大島[5]雙色絲線織成的袷[6]，腰帶則是淺奶油色的白紋博多[7]。水藍色的帶揚[8]絕對不會露出胸口。在腹部緊緊繫上伊達卷[9]，塑造飽滿的胸部，讓腰部顯得更纖細，臀部則貼著一塊裝填少許棉花的座墊，類似西方女性的性感模樣，這是她自己想出來的穿法。她髮色打從以前就是褐色，襯著白皙的臉孔，她的髮色看起來怎麼也不像是五十幾歲女子的頭髮。由於她的身材比較高大，和服下襬偏短，衣襬總是十分俐落，清爽素雅。與男性會面之前，她一定會完成這套專業又樸實的手法，對著鏡子喝下五勺[10]冷酒。接下來再用牙刷刷牙，掩飾酒臭味，這是她絕對不會錯過的細節。對阿金的肉體來說，微量的酒勝過任何化妝品的效果。輕微的酒意可以將她的眼角染紅，讓她的大眼圓潤。於是她蒼白的化妝，以甘油面霜按摩過後的臉部光澤，就像枯木逢春，恢復光彩。唯有口紅不一樣，她會厚厚地塗上一層高級的深紅色。紅色只會點綴於唇部。阿金這輩子也不曾染過指甲。到了老年，更不可能去染了，她的化妝總是充滿渴望，乏善可陳又可笑。她只會用乳液塗抹整個手背，指甲剪得很短，幾乎到了病態的程度，再用羅紗[11]碎布拋磨。隱約露出的長襦袢[12]袖口色彩，全都是她喜歡的淺色系，

譯註3　女性和服的內衣，長度從腰部到膝蓋，類似一片裙。

譯註4　縐綢的一種。

譯註5　鹿兒島產的藍色大島紬。

譯註6　指有內裡的和服。

譯註7　以博多織製成的絲質腰帶，特色是穿著時會發出咻咻的絹絲摩擦聲，不易鬆脫。

譯註8　裝飾於腰帶上方，讓腰帶形狀更好看的布條。

譯註9　繫在和服上方、腰帶下方的固定用布帶。

譯註10　一勺約為十八毫升。

譯註11　一種厚質的毛織品。

譯註12　穿在和服底下，防止走光、禦寒用的內衣。

她總會選擇水藍色與桃紅色的漸層色系。香水則選擇甜膩的氣息，抹在肩膀與豐腴的手臂上。她絕對不會擦在耳朵上。阿金不想忘記自己身為女性的事實。要是變成世上隨處可見的骯髒老太婆，她寧願死掉一了百了。「超脫凡人的豐饒玫瑰，那正是我的精彩人生。」阿金很喜歡這首知名女詩人[13]留下的詩。光是想到離開男人的生活，就讓她寒毛直豎。看到板谷帶來的淺粉紅色玫瑰花瓣，華美的花朵讓阿金憶起往昔。久遠的風俗以及自己的興趣、樂趣逐漸改變，這件事也讓阿金感到愉悅。獨自入眠的時候，阿金偶爾會在半夜醒來，偷偷掰著手指算著她年輕時期開始交往的男性人數。這個人跟那個人，還有那個人，對了，還有那個人……不過，那個人是不是比那個人更早啊？還是比較晚呢？阿金宛如數數歌一般，這些男人的回憶，讓她心頭為之一緊。思及與某些男子分手的時刻，她甚至還會掉下眼淚。阿金喜歡回想起與每一位男子相逢的時刻。就像她以前讀過的《伊勢物語》，開頭總是「從前有一名男子」，也許是這些回憶充斥在她的心頭，阿金獨自在她的床上，迷迷糊糊地想著過去的男人，這也是她的樂趣。……田部打來的電話出乎阿金的預料，她覺得自己彷彿看到高級的葡萄酒。田部只會出現在她的回憶之中。也許是過去的往事還留在心頭，這股感傷讓她細細品味戀愛之火留下的痕跡。她站在草木叢生的瓦礫堆中，只能嘆息。還要怪罪在年齡、環境，再加上些許的貧窮因素。最重要的便是謙虛的表情，還要讓兩人能沉穩陶醉其中的氣氛。千萬不能讓對方忘記，要留下事後的回憶，自己的女人依然是美麗的女子。阿金順利地梳妝打扮完畢，站在鏡子前方，檢視自己的舞台裝扮。是不是一絲不苟……。來到餐廳一看，晚餐已經端上桌了。她與女傭面對面，品嚐清淡的味噌湯、鹽昆布配麥飯，接著把蛋敲破，吞下蛋黃。即使男人上門，打從以前開始，阿金就不曾主動端出料理。她壓根也不想成為那種準備好餐桌，端出親手製作的料理，因而受到男人寵愛的女子。阿金對家庭主婦全無興趣。面對一個根本不想結婚的男人，怎麼可能以家庭主婦之姿，向他獻媚呢？於是，來找阿金的男子，總會為阿金帶來各式各樣的禮物。對阿金來說，這也是理所當然的事。阿金絕對不會理睬沒有錢的男人。

譯註13　出自與謝野晶子。一八七八—一九四二。

沒有錢的男人，根本沒有魅力。跟她談戀愛的男人，要是毫不在乎地穿著沒用刷子整理過的衣服，或是鈕釦脫落的內衣，她會突然萌生厭惡之情。對阿金來說，談戀愛這件事本身就彷彿創造出一件又一件的藝術品。在少女時期，人們總說阿金像赤坂的萬龍[14]。她曾經見過婚後的萬龍一次，是一名十分動人的美麗女子。阿金不禁對她的過人之美發出讚嘆。這時，她領悟了一件事，要是沒有錢，女人就不可能永保美麗。阿金在十九歲之時成為藝妓。雖然她沒學會什麼厲害的技藝，光憑著美麗的外表成為藝妓。當時，一名年紀已經很大的法國紳士來日本觀光，正好叫她過去，紳士把阿金當成日本的瑪格麗特・戈蒂埃[15]般寵愛，阿金本人也覺得自己是茶花女。雖然對方在肉體方面意外地無聊，仍然是阿金難忘的人物。他叫做米歇爾，算算年紀，應該已經在法國北部的某個地方死去了吧。米歇爾先生回到法國之後，送來鑲著蛋白石與碎鑽石的手鐲，唯有這只手鐲，是她在戰爭之時也不曾脫手的物品。……曾經與阿金交往過的男性，都成了了不起的人物，不過，在戰爭結束之後，她早已不知那些男人們的下落了。人們總是說相澤金有許多積蓄，不過阿金從來沒考慮過要開待合[16]或是餐廳。

她擁有的只有自己那棟沒被燒掉的房子，以及熱海的一間別墅，不像人們傳說中的那麼有錢。在義妹名下的別墅，已經在戰爭過後找機會脫手了。現在成天無所事事，負責照顧義妹的女傭阿絹，不過是一名瘖啞的女子。阿金的生活出乎意料的樸實。她既不想看電影也不想看戲，而且阿金也討厭漫無目的地外出閒逛。她討厭別人看到自己在陽光之下顯露的老態。在明亮的陽光之下，老年女子的凄涼可說是一覽無遺。再昂貴的服飾，在陽光之下也無法發揮任何作用。她十分滿意目前宛如陰影之花的生活，阿金的興趣就是閱讀小說。雖然有人建議她收養一個女兒，老後才不用擔心，不過提起老後這件事就讓阿金不愉快，之所以會孤獨至今，其實另有原因。……阿金沒有父母。只記得自己生於秋田本庄附近的小砂川家，五歲左右被東京那邊領養，冠上相澤的姓氏，成為相澤家的女兒。養父叫做相澤久次郎，前往大連從事土木事業，阿金還

譯註14　一八九四—一九七三。明治末期的知名藝妓，有「日本第一美人」之稱。
譯註15　《茶花女》的女主角。
譯註16　提供藝妓飲食或與客人見面的咖啡廳。

在讀國小的時候，養父便前往大連，自此下落不明。養母阿律是理財高手，從事股票投資、房屋出租，當時她們還住在牛込的藁店，說起藁店的相澤，也算是牛込一帶的有錢人。當時，神樂坂有一家叫做辰井的老足袋店，他們家有一個漂亮的女兒叫做町子。這間足袋店跟人形町的茗荷屋齊名，都是歷史悠久的老店，提起辰井的足袋，在山手的住宅區也頗受好評。寬闊的店面掛著深藍色的暖簾，店裡擺著縫紉機，梳著桃割[17]髮型的町子，戴著黑色鍛面的衣領，踩著縫紉機的模樣，在早稻田的學生群裡，也是大受好評，學生們來買足袋的時候還會留下小費，比町子小五、六歲的年輕阿金，在鎮上也是出了名的美少女。這裡的人們總是說，神樂坂有兩位小美女。

阿金十九歲之時，自從一名賭徒——叫鳥越的男子頻繁出入相澤家之後，家境逐漸沒落，養母阿律也染上酒癮，經常發酒瘋，陷入一蹶不振的狀態，阿金則在一場意外的玩笑之下，遭到鳥越的侵犯。當時，阿金抱著自暴自棄的心態離家出走，來到赤坂的鈴木家，成為藝妓。這時，辰井的町子碰巧以振袖和服之姿，搭乘日本的第一架飛機，在洲崎平原墜機，成了新聞報導的話題，引發人們的熱議。阿金則以欣也為名，出道成為藝妓，很快就榮獲講談雜誌等等報導，登刊照片，最後甚至還印成當時流行的彩色明信片。

現在回想起來，這些事全都成了遙遠的過去，不過，阿金怎麼也不能接受現在的自己已經成了年過五十的女人。雖然有時候覺得自己已經活了很久，有時候又覺得青春十分短暫。自從養母過世之後，所剩無給的財產全都由領養阿金之後才產下的義妹澄子繼承，所以阿金根本不需要對生養自己的家庭負責了。

阿金是在澄子夫妻於戶塚專門經營學生房屋出租的時期，認識了田部，阿金與往來三年的旦那[18]分手，在澄子經營的租屋處租了一間房間，過著閒適的日子。那是太平洋戰爭剛開始的時候。阿金在澄子的餐廳認識路過的學生田部，不知不覺間，她與年紀幾乎可以當她兒子的田部，發展出不可告人的關係。在不知情的人眼裡，五十歲

譯註17 當時日本少女流行的髮髻。
譯註18 指包養藝妓的人。

的阿金看來頂多像是三十七、八歲，濃密的眉毛看來更是朝氣蓬勃。大學畢業後，田部立刻以陸軍少尉之姿出征，不過田部的部隊在廣島駐守了一段時間。阿金曾經兩度去廣島找田部。

抵達廣島之後，身著軍服的田部就來旅館找她。儘管阿金討厭田部滿身的皮革臭味，仍然與田部在廣島的旅館住了兩夜。從遙遠的地方前來，已經精疲力盡的阿金，只能任憑勇猛精壯的田部擺佈，她甚至曾經向別人提起這件事，說是當時連想死的心都有了。去廣島找了田部兩次之後，田部又發了幾通電報給她，不過阿金再也不曾去過廣島。昭和十七年[19]田部前往緬甸，戰爭結束的隔年五月退伍回國。田部立刻前來東京，拜訪位於沼袋的阿金家，不過他變得十分蒼老，當阿金看到門牙脫落的田部時，感到過去的美夢已經消逝，失望透頂。雖然田部生於廣島，後來長兄當上議員，在哥哥的協助之下，他創立汽車公司，在東京不到一年的時間，就已經脫胎換骨，成了一名出色的紳士，再度現身於阿金面前，向她聊起最近打算娶老婆的事。後來，又過了一年多的時間，阿金都不曾再與田部見面。在空襲頻繁的期間，阿金幾乎以超低廉的價格買下現在沼袋這間有電話的房子，從戶塚疏開[20]到沼袋。沼袋距離戶塚十分近，不過沼袋的阿金家留下來了，戶塚的澄子家卻燒毀了。儘管澄子他們逃到阿金家，不過，在戰爭結束的同時，阿金就把澄子他們掃地出門了。被逐出門的澄子因此迅速地在戶塚的灰燼之中重新蓋好房子，現在反而十分感謝阿金。現在回想起來，因為那時戰爭才剛結束，才能用低廉的價錢蓋房子吧。

阿金也賣掉熱海的別墅。實際得手將近三十萬元，再用那筆錢買下一間破房子，翻修之後以三、四倍的價錢售出。阿金不曾為金錢煩惱。金錢這種東西，只要不著急，就會像堆雪人一般，獲利愈滾愈大，這是她長年訓練下來的心得。與其放高利貸，她選擇以低利率的方式，在有穩定擔保品的情況之下，借貸給他人。自從戰爭以來，阿金不再相信銀行，所以盡可能將錢流用到其他地方。她也不會像農民那樣蠢到放在家

譯註19　一九四二年。

譯註20　讓都市居民疏散到郊區或鄉下，以躲避空襲或地震。

裡。她會請澄子的先生浩義幫忙跑腿。阿金也很清楚有錢能使鬼推磨的道理。她跟女傭同住在莫約四坪大小的屋子裡，外人看來十分寂寞，不過阿金一點也不覺得寂寞，而且也不喜歡外出，完全不覺得兩個人的日子有什麼不方便的地方。與其養狗防盜，她寧願隨手關好門窗，不管住在哪個房子，阿金都很小心門窗是否隨手關好。由於女傭是個啞巴，所以不管什麼樣的男人來訪，都不用擔心別人打聽。因此，阿金偶爾會幻想起自己宛如遭到殘酷殺害般的命運。沒有一絲氣息，寧靜至極的房子，倒也會讓她感到不安。阿金從早到晚都不忘開著收音機。當時，阿金在千葉的松戶結識了一名打造花園的男子。對方是買下她熱海別墅的人的弟弟，戰爭期間，他在河內開了一家貿易公司，戰爭結束後也撤回日本，靠著哥哥的資本，在松戶從事鮮花栽培。年紀大約四十上下，頭頂已經童山濯濯，看起來比實際年齡還要老。他叫做板谷清次。他曾經為了房子的事，來拜訪阿金兩、三次，不知不覺間，板谷已經成了每週固定到阿金家的常客了。自從板谷固定來訪後，阿金家裡總會有許多他帶來的美麗花朵。在今天這個日子，壁龕的花瓶也插著一朵碩大的黃玫瑰，據說品種叫做栗子。「不捨銀杏葉凋零，玫瑰花園霜濕身。」黃玫瑰使人聯想起熟年女子的美好。不知道是誰的詩。秋霜潮濕的早上，玫瑰的氣息喚起阿金的回憶。接到田部的電話之後，阿金這才領悟，自己喜歡的是年輕的田部，而不是板谷。儘管在廣島讓她身心俱疲，不過當時的田部是軍人，如今也不可能像年輕時一樣威猛了，想到這一點，當時也成了愉快的回憶。隨著時光流逝，愈激情的回憶，成了愈令人懷念的回憶。五點過了一段時間，田部才登門造訪，手上還提著一個大包包。他從包包裡拿出威士忌、火腿及起司等食物，一屁股坐在長火盆前方。在他身上已經看不到一絲往昔的青年身影。灰格子的西裝搭配深綠色的褲子，感覺像是這個年代的技工。「妳還是一樣漂亮。」「真的嗎？謝謝。不過我已經不行了。」「怎麼會，比我家的老婆性感多了。」「夫人還很年輕吧？」「她還年輕，不過可是個鄉下人啊。」阿金從田部的銀色菸盒抽出一根菸，讓他點燃。女傭已經送來威士忌酒杯，以及盛裝剛才那些火腿與起司的拼盤。田部獰笑著說：「真是個好女孩……」「沒錯，不過是個啞巴呢。」田部露出驚訝的表情，直盯著女傭。女傭以柔和的眼神，客氣地向田部點頭致意。阿金從來不曾把女傭的年輕放在眼裡，這時，她突然覺得很礙眼。「日子很圓滿吧？」田部呼地吐出一口菸，以一副在說我啊的表情，說：「小孩下個月就要出生了。」「哦，這樣啊，」說著，阿金拿起威士忌酒瓶，向田部勸酒。田部看似美味地乾掉杯子裡的酒，換他替阿金倒威士忌。「日子過得不錯嘛。」「咦？怎麼這麼說？」「外面可是狂風暴雨，只有妳永遠都沒變，……真是不可思議的人呢。反正妳一定有不錯的金主吧，當女人真好。」「你在諷刺我嗎？不過，我可沒做什麼會給田部先生添麻煩的事，讓你對我說三道四的吧。」「生氣啦？不是啦。我不是那個意思。我是說妳是一個幸福的人。男人的工作很辛苦，所以才會不小心說出這種話嘛。現在的世界嘛，可沒辦法這麼安定地過日子呢。只能拼個你死我活。我呢，可是個每天都靠賭博過日子的人呢。」「景氣不是挺好的嗎？」「才不好……，每天都像在走鋼索，辛苦地用錢，都快要耳鳴了呢。」阿金默默地啜飲威士忌。蟋蟀在牆角叫著，反而讓人更消沉了。田部喝下第二杯威士忌，從火盆的另一頭，動作粗暴地拉住阿金的手。沒戴戒指的手，宛如絲綢手帕一般，柔軟地幾乎感覺不到它的存在。阿金鬆開指尖的力量，摒住氣息。抽離力量的手，顯得更冰涼，厚實卻又柔軟。在田部的醉眼裡，往昔的種種席捲而來。猶如過去一般美麗的女子坐著。她感到不可思議。在不斷流逝的歲月中，逐漸累積經驗。在流逝的歲月之中，她曾經飛躍，也曾經墜落。不過，過去的女子絲毫不曾變化，勇敢無懼地坐在原地。田部直盯著阿金的雙眼。眼周的小細紋也一如往昔。輪廓也不曾改變。他想知道這個女人的生活型態。對於這個社會的反映，也許這女人毫無任何反應。她只是裝飾著衣櫥，裝飾著長火盆，裝飾著豪華且大量的玫瑰花，微笑著坐在自己面前。她的年紀應該早就超過五十了，卻仍然散發女人味。田部並不知道阿金的實際年齡。住在公寓的田部，想起剛滿二十五歲的老婆，那邋遢又疲倦的身影。阿金從火盆的抽屜裡取出銀製的細菸管，插進變短、沒有濾嘴的香菸，點了火。田部偶爾會抖著膝蓋，不過阿金不以為意。阿金猜想，田部可能為錢所苦，一直觀察著田部的表情。實際見面之後，阿金覺得兩人之間漫長的空白，反而有種格格不入的感覺。這股格格不入的念頭，讓阿金既焦慮又寂寞。自己的心再也不像過去那般熾熱了。充分熟知這男人的肉體這件事，甚至讓她猜想，自己是不是已經喪失了對這男人的所有魅力呢？儘管氣氛還不錯，不過最關鍵的心卻不再燃燒了，這件事讓阿金感到焦急。「妳有沒有認識什麼人，可以借我四十萬呢？」「哦？要借錢嗎？四十萬可是筆大數目呢。」「嗯，我現在無論如何都需要這筆錢。妳有沒有頭緒？」「沒有。說說回來，你找我這個沒有收入的人談這種事，本來就很勉強吧……」「這樣啊，我會多付一點利息，如何？」「不行！找我談這種事，我也幫不上忙哦。」阿金突然感到一股寒意。她開始懷念起與板谷那種悠閒的關係了。阿金只覺十分沮喪，拿起剛煮滾的冰霰花紋鐵茶壺，泡了茶。「二十萬的話，有辦法嗎？我會感謝妳的大恩大德……」「你很奇怪耶？老是跟我談錢的事，你不是很清楚我沒有錢嗎……？我才想借錢呢。你不是來見我的，是來跟我借錢的吧？」「不是，我很想妳，雖然我很想妳，不過我總覺得妳有辦法嘛。」「去跟你哥哥借啊。」「這筆錢不能讓我哥哥知道啦。」阿金也不回答，突然想起，自己的青春應該只剩下一、兩年了。如今，她發現過去兩人的火熱戀情，似乎沒有造成任何影響。也許那並不是戀情，只是受到彼此強烈吸引的雌雄性的交配吧。那只是一段宛如隨風漂蕩的落葉般脆弱的男女關係，坐在這裡的自己與田部，如今成了根本無所謂的點頭之交的關係。一股涼意流進阿金的胸口。田部像是突然想到什麼似的，獰笑著小聲詢問正在喝茶的阿金，「我可以留下來過夜嗎？」阿金一臉驚訝，刻意擠出眼尾的皺紋，笑著說：「不行哦。別捉弄我這個殘花敗柳了。」她美麗潔白的假牙泛著光彩。「別這麼冷酷無情嘛。我再也不會提起借錢的事了。我想感受以前那個阿金小姐的柔情。不過……這裡是不同的世界呢。妳是那個做了壞事也不會遭到報應的人呢。不管發生什麼事都死不了，真了不起。現在的年輕女人啊，都慘兮兮啦。妳會跳舞嗎？」阿金哼哼哼地從鼻孔發出冷笑。他想說年輕女生怎麼樣啊……？我又不清楚這種事。「我不會跳舞啦，你會嗎？」「一點點。」「這樣啊，有認識什麼好對象嗎？所以才需要錢嗎？」「說什麼傻話呢，我的錢可沒那麼好賺，還有本事包養女人。」「哦，不過，你的打扮看起來像個有品味的紳士呢。沒有好工具，可沒辦法打扮成這樣呢。」「這只是虛張聲勢。錢包可是空空如也。我可是不屈不撓，不過這陣子老是被錢追著跑啊……」阿金呵呵地冷笑，著迷地望著田部茂密的黑髮。頭髮還十分濃密地垂落在額頭上。儘管不像剛畢業那般柔亮有光澤，雙頰已經流露出一股中年的氣息，雖然表情算不是高雅，至少還有幾分剛猛。她用一種猛獸從遠方嗅聞氣味的方式觀察著，阿金也為田部泡了茶。阿金半開玩笑地問：「喂，我聽說最近錢會貶值，是真的嗎？」「妳的錢多到需要擔心貶值嗎？」「欸！怎麼馬上又提到錢，你真的變了。我只是聽說的啦。」「啊，以現在日本的狀況，應該沒辦法吧。沒有錢的人，才不會擔心那種事呢。」「你說的也對……」阿金急忙將威士忌的酒瓶遞往田部的杯子。「唉，好想去箱根還是哪個清淨的地方啊。真想到那種地方大睡個兩、三天。」「你很累嗎？」「嗯，一直在愁沒錢啊。」「可是，愁沒錢這件事一點也不像你欸？該不會是為了女人的事吧……？」田部覺得阿金裝模作樣的樣子很可恨。同時又像在看高級的古董一般，也覺得有點好笑。田部盯著阿金的下巴，想著要不要大發慈悲，跟她過上一夜。她那粗獷的下巴曲線，展現了堅強的意志。他突然想起方才見到的啞巴女傭是多麼年輕、生氣蓬勃。雖然不是什麼漂亮的女人，年輕這件事，對於閱女無數的田部來說，算是十分新鮮。假如他們兩人的關係能就此開始，田部也不會覺得這麼焦急了吧，他覺得阿金的臉似乎流露疲態，顯得有點老。阿金可能也察覺到什麼，走到隔壁房間的梳妝台前，拿起荷爾蒙針筒，迅速地戳進手臂裡。邊用脫脂綿球在皮膚表面來回按壓，一邊瞧著鏡子，拿粉撲按了按鼻頭。想到毫無曖昧關係的男女，竟然演變成這種無聊的發展，阿金只覺十分懊悔，眼淚宛如意料之外的隨機殺人魔一般，掛在眼角。如果是板谷的話，她就能趴在他腿上哭了。也能跟他撒嬌。她完全不知道，自己對長火盆前的田部抱著什麼樣的感覺，是喜歡？還是討厭呢？她想要他離開，也有點焦慮，想在對方的心裡留下一點痕跡。自從與自己分手之後，田部也見識過許許多多的女人。她去了廁所又回來，瞄了女傭的房間一眼，阿絹正拼了命地用報紙畫紙型，認真地學著裁縫。她碩大的臀部緊貼在榻榻米上，身子往前傾，正在剪東西。髮髻梳得一絲不苟，露出性感、白皙的後頸，她的身材豐腴，十分誘人。阿金又回到長火盆前。田部躺在一旁。阿金扭開茶水櫃上的收音機。第九號交響曲以超乎想像的大音量流洩而出。田部緩慢地起身。又拿起威士忌酒杯，抿了一口。「我們之前去過柴又的川甚吧？當時被一場大雨困住，還吃了沒有米飯的鰻魚呢。」「對啊，我還記得，那個時候食物已經十分短缺了。是你當兵之前的事吧。壁龕插著鮮紅的鹿子百合，你還記得嗎？我們兩個把花瓶弄倒了。」「好像有這回事……」阿金的臉突然亮了起來，流露出青春的神態。「下次再去吧？」「好啊，不過，我有點懶欸……。那裡已經什麼都吃得到了吧？」阿金沒讓剛才哭泣的感傷流逝，悄悄地努力蒐集起過去的回憶。因此，她又想起另一張不是田部的男性臉孔。她跟田部去了柴又之後，又在戰爭結束不久，與一個叫做山崎的男人去過一次柴又。山崎不久前死於胃部手術。她想起晚夏的悶熱日子，江戶川河岸旁的川甚，那間昏暗房間的景色。「咖咖、咖咖」耳邊也傳來自動馬達抽水的聲音。暮蟬叫個不停，窗邊高聳的江戶川河堤上，忙著採購的腳踏車有如比賽一般，車輪閃耀著銀光疾駛而過。雖然她只跟山崎幽會過兩次，山崎對女性的所知甚少，他的年輕屢屢讓阿金覺得神聖。食物也很豐富，剛結束戰爭，不再繃緊神精的時局，竟像處在真空中一樣靜謐。回程已經是夜裡，她還記得兩人搭巴士沿著寬廣的軍用道路前往新小岩。「後來妳有沒有遇上什麼有趣的人？」「我嗎？」「嗯……」「除了你之外，哪還有其他有趣的人呢？」「騙人！」「為什麼？我才沒騙人哦？誰會理我這個殘花敗柳呢……？」「我不信。」「這樣啊……，不過，我再也沒辦法打扮得花枝招展了，活著還有什麼意義？」「妳一定會長命百歲的。」「好，我會長命百歲，變成一個皺巴巴的老太婆……」「可以不要再劈腿了嗎？」「你這個人真是的，以前的天真都到哪去了？怎麼會變成講話這麼難聽的人呢？以前的你單純多了。」田部取過阿金的銀製菸管，抽了起來。菸垢的苦味立刻在舌尖漫延開來。田部拿出手帕，吐出菸垢。「我都沒清，已經堵住了。」阿金笑著拿起菸管，在衛生紙上小幅度地用力甩著。田部覺得阿金的生活很不可思議。殘酷的時局竟然沒在她身上留下一絲痕跡。不要過這樣的生活，至少要花上二、三十萬才行。田部對阿金的肉體已經毫無留戀，不過他確實有心想要依賴女子隱匿在這生活之下的豐富資源。從戰場上回來之後，他只靠著全身精力在做生意，哥哥給他的資本不出半年就花光了，除了妻子也有其他的女人，那個女人很快就要產下孩子了。他想起以前的阿金，抱著一絲機會來找阿金，不過阿金不再像以前那般專情了，早已熟知人情世故。與田部久別重逢之後，也不曾燃起激情。她沒有一絲破綻，一本正經的表情，讓田部苦無方法接近。田部再次牽起阿金的手，緊緊地握住。阿金只是任隨他握著。她既不曾往前傾向火盆的方向，只顧著用一隻手清理菸管的菸垢。

經歷了漫長的歲月，讓兩人將複雜的情緒收藏在心裡。不過，兩個人也經歷了同樣的歲月，幾乎不可能讓懷念的過去再次重演了。兩人不發一語地比較過去與現在。沉入幻滅的迴旋之中。兩個人在複雜的疲勞狀態下重逢。小說中的偶然，在現實中根本不復存在。在小說之中，也許會更加甜蜜吧。這是微妙的人生真實。兩人的重逢，不過是為了在這裡互相拒絕。田部甚至幻想著殺掉阿金。殺了一、兩個沒人注意的女人，應該不會怎麼樣，同時，又想到這下自己會成為罪犯，又覺得很蠢。儘管覺得她只是個跟螻蟻沒兩樣的老女人，這女人卻不動如山地在這裡生活。在她的兩個衣櫃裡，肯定塞滿了花五十年的時間訂製的和服。從前她還讓他看過一個叫做米歇爾的法國人送她的手鐲，裡面肯定也有那類珠寶吧。這房子肯定也是她的。雖然他盡情地幻想，殺掉一個僱了啞巴女傭的女人也沒什麼大不了，不過田部不停想著，戰爭期間仍然與她持續幽會的學生時代，這段回憶仍然釋放出令人喘不過氣的鮮明印象。也許是酒過三巡的醉意吧，眼前的阿金往昔的面容，妙巧地滲進自己的皮膚之中。明明沒有打算觸碰她，與阿金的過往仍然具有相當的分量，在心裡投射陰影。

阿金站起來，從壁櫥裡拿出一張田部學生時代的照片。「呵呵，妳怎麼還有這種怪東西。」「是啊，之前放在澄子家。我跟她要來的，這是認識我之前拍的吧？那時候的你，看起來像個年輕的貴族呢。紺飛白[21]很適合你嘛。把它帶走吧。讓夫人瞧瞧嘛。真好看。看起來一點也不像個會說下流話的人呢。」「我也有過那種時代嗎？」「嗯，對啊。如果能維持這個狀態好好長大，田部先生一定會成為了不起的人物吧？」「妳的意思是我長歪了嗎？」「對啊。」「一定是妳害的，還有漫長的戰爭。」「別鬧脾氣了。這點小事才不是原因呢。你變得好庸俗……。」「哦……，庸俗啊。人不就是這回事嗎？」「可是，我竟然帶著這張照片這麼久的時間，我的純情也讓人佩服吧？」「多少也是個回憶吧。妳要不要給我？」「我的照片嗎？」「嗯。」「照片好可怕哦。不過，我以前曾經把藝妓時代的照片送到戰地給你吧？」「不知道掉到哪裡

譯註21　深藍底白花紋的紡織品。

去啦……。」「你看吧。我比較純情。」

長火盆這座小城實在是難以攻陷。田部已經喝醉了。阿金面前的酒杯，仍然是最初斟的那一杯，還剩下半杯以上。田部一口飲盡冰茶，毫無興趣地把自己的照片放在地板上。「還趕得上電車嗎？」「我才不要回家。妳要把醉漢趕走嗎？」「對啊，我打算把你請出去。這裡可是女人的家，左鄰右舍會說閒話。」「左鄰右舍？沒想到妳也會在乎這種事。」「當然會。」「旦那會來嗎？」「欸！討厭啦，田部先生，害我全身寒毛都豎起來了。我最討厭說這種話的你了！」「無所謂，賺不到錢的話，這兩、三天都沒辦法回家。可以讓我留在這裡嗎……？」阿金兩手拄著臉頰，瞪大了眼睛看著田部泛白的雙唇。無論多麼轟轟烈烈的愛情，這時也瞬間降至冰點了。她沉默地審視眼前的男子。過去心裡的美好，早已不復存在於彼此之間。在他身上一點也看不見青年男性的羞赧。她甚至想拿出一包錢趕他走。不過，阿金壓根不想給眼前的爛醉男子一分一毫。她還寧願給那個不經世事的男人。沒有自尊的男人最討厭了。阿金曾經遇過幾個為自己沖昏了頭的青澀男子。阿金總會為這股青澀著迷，也認為那是一種高尚的情操。她只對挑選理想的對象感興趣。在阿金的心裡，田部已經淪落為無聊的男人了。沒有戰死，還能活著回來的強大運氣，讓阿金覺得他是命中注定的人。追隨田部到廣島，當時的辛苦就應該讓她為男人畫下句點。「妳怎麼一直盯著我的臉瞧啊？」「欸，你打從剛才開始也一直盯著我看，是不是在想什麼要不得的事情啊？」「哪有？我只是看呆了，無論何時見到妳，阿金小姐總是一樣美麗……。」「這樣啊，我也是啊。我覺得田部先生很了不起……。」「妳在講反話吧？」田部壓抑自己說出殺人幻想的衝動，用「說反話」來逃避。「你即將進入壯年了，很期待吧？」「妳也不差啊？」「我？我已經不行了。我只會逐漸凋零，再過個兩、三年，我打算去鄉下生活了。」「妳說要長命百歲，變成皺巴巴的老太婆，還要劈腿，是在騙我嗎？」「欸，我才沒說過那種話呢。我是一個活在回憶裡的女人哦。這樣就夠了。我們當好朋友吧。」「妳在逃避吧？別說一些女學生才會說的話。我說啊，回憶這種東西根本無關緊要。」「這樣啊……可是，說起去柴又的人可是你耶。」田部又焦急地抖起膝蓋。好想要錢。錢。一定要想點辦法跟阿金借到錢，就算只有五萬也沒關係。「真的沒辦法借嗎？用我的店來擔保也不行嗎？」「唉，怎麼又提到錢了？這種事找我也沒用啊。我一毛錢都沒有哦。而且我也不認識什麼有錢人，看起來好像有錢，其實根本就沒錢呢。我甚至想跟你借了呢……。」「要是我這次工作順利，就會帶一大筆錢來給妳哦。妳是我念念不忘的人……」「夠了，奉承的話不用再說了……，不是說好不聊錢了嗎？」四周彷彿吹起一陣陣濕潤的秋季晚風，田部握著長火盆的撥火棒。這一秒，激烈的怒氣爬上他的眉心。田部朝向謎霧般引誘他的影子，緊緊握住撥火棒。他的心宛如閃電打雷般悸動著。他受到這股悸動的刺激。阿金以不安的眼神盯著田部的手。她覺得自己身邊彷彿發生過同樣的事，那情景又重現了。「你喝醉了，今晚留下來過夜吧……。」聽到可以留下來過夜，田部突然放下手裡的撥火棒。田部以酩酊大醉的姿態，腳步踉蹌地走去廁所。阿金從田部的背影感受到他的心思，心裡哼哼地嘲笑他。這場戰爭讓所有人的心境都發生一百八十度的變化。阿金從茶櫃取出甲基安非他命[22]，迅速服下。威士忌還剩下三分之一。讓他喝光，明天再把他趕走吧。自己可不能睡。她把田部年輕時的照片扔進燒得正旺的火盆的青色火焰之上。旋即揚起一陣黑煙。周遭充斥著燒東西的氣味。女傭阿絹悄悄推開紙拉門窺視。阿金笑著，以手勢指示她在客房鋪棉被。在紙張燃燒的氣味散盡之前，阿金將一片起司薄片扔進火裡。「哇，妳在燒什麼？」從廁所回來的田部，把手搭在女傭豐腴的肩上，從紙拉門裡探頭進來。「我在想烤起司嚐起來不知道是什麼味道，用撥火棒夾著烤，結果就燒焦了。」在白色的煙霧之中，揚起一股筆直的黑煙。電燈的圓型玻璃燈罩，宛如飄浮在雲中的月亮。油脂燃燒的氣味竄進鼻腔。阿金被煙嗆到，動作粗暴地打開四周的格子拉門與紙拉門。

譯註22 Philopon，當時在日本尚未禁止，是合法的興奮劑。

朝夕

完完全全地孑然一身，雖然在妻子面前誇口要想辦法振作，不過，對於年近四十的男人來說，這話總泛著一股虛張聲勢，這份空虛則是嘉吉最難忍受的部分。

提出分手完全是自然而然的發展，真心開口提起這件事，讓嘉吉跟央子哈哈哈地笑了起來，不過，在嘉吉的心裡，就算是自然而然，也有無法以自然而然解釋的部分，在央子的心裡，則毫無來由地期待著即將成為單身貴族的寂寞。兩人似乎如今才想到似的，同聲大笑，也是因為事情終於畫下句點了，嘉吉卑微地泡茶，說了「妳是一個輕浮的女人，應該沒把我放在眼裡，卻屢屢成為我的依靠。」將兩只茶杯的杯底喀、喀兩聲排在貓板[1]上。

「你又在說這種話了。既然都要分手了，只要雙方的情況都改善了，還是能在一起啊。別再提那些小事了，我會難過啊……」

「哼，妳也會難過啊，提分手的不是妳嗎？」

央子沉默不語。好不容易才能像剛才那樣，笑得十分舒爽，這下情況又逆轉了，嘉吉又在煩惱了，這件事又讓央子覺得焦躁難耐。……嘉吉躺下來，彷彿之前沒看過似的，眺望著四周，望著女子宛如被狂風吹過的臉，心想，這就是陪了他四年的女人嗎？就連額頭的小細紋，都像是他使用多時的道具一般，萌生一股憐愛之情。

「這又沒什麼，我們的身體不是都很健康嗎？」

「討厭啦，又不是真的要分手了，說這種話太奇怪了吧？」

「……」

這下子輪到嘉吉不發一語，他已經明白女人心似乎永遠都有餘裕，想到這次說不定真的要分手了，他把頭放在榻榻米上，用力地閉上雙眼。

「怎麼啦？燈太亮了嗎？」

「……」

嘉吉眉頭深鎖，一直閉著眼睛，央子以為燈太亮了，於是用軟趴趴的蚊帳掛繩扯動嘉吉臉部上方的電燈，把燈拿到房間的角落。起身的同時，她順便坐在梳妝台前，以小指挖起蜂蜜，抹在乾燥的嘴唇上。……他們兩人實在沒留下什麼特別精彩的回憶，在一起過了三、四年，這三、四年的日子，就像潮汐的泡沫，嘩啦嘩啦地

譯註1 置於長火盆旁抽屜部分上方的板子。

打過來，照著鏡子，央子感到一股近乎全身濕濡般的寒意。然而，事到如今，她也不想再繼續過現在的生活了，也許有點無情，她早就對嘉吉的個性感到厭煩不已。「雖然要分手，也不可能像過去生活無憂無慮的時候，每天過得舒舒服服，現在這種窮光蛋的狀態，我也沒辦法再為妳做什麼了，想到這點就覺得不舒服。」提出分手的時候，嘉吉又說了這種假裝他很重感情的話，不讓央子繼續說下去，對於央子來說，反而讓她的心癢癢的，雖然嘉吉說他們過了燦爛的日子，不過他們並沒有留下什麼開心的回憶，對央子來說，反而是無聊透頂的生活，想不到這四年來，照顧著這樣的男人，竟然能讓她淪落到這種地步。「如果能像過去一樣，過著無憂無慮的生活。」嘉吉老是把這句話掛在嘴邊，他只不過開著一間透天的舶來品店，而且生意也不是特別好，央子還是在他前妻死後立刻進門，對於她這種豔麗的女子來說，根本就是陰沉憂鬱的生活。坐在前妻使用過的梳妝台前，她總覺得會有一隻白色的鬼冒出來看她。……那隻鬼的名字叫做阿鶴。嘉吉三十二歲，亡妻阿鶴二十九歲的時候，他們在神樂坂的藁店這個地方，開了現在這家小小的舶來品店，店面寬度僅三間[2]，坐南朝北又往內縮的房子，也許是太陽曬不進來的關係，第一年冬天，央子罹患神經痛，一直臥病在床。

雖說是舶來品店，賣的都是針對學生族群的便宜貨，只能賣出上衣、襪子這類小東西，櫥窗裡的狩獵帽、真絲府綢混紡的襯衫，四年來一直擺在那裡，就算曬不到太陽，還是蒙了一層灰，褪色了。

「喂，央子，妳來一下，我教妳看我們家的標價牌……」

那是央子來到嘉吉家後，第二天的事。他提早關店，把圍巾、手帕跟上衣的箱子排在收銀機旁邊的桌上，說我們家的標價牌，用的暗號是「Tsu Ru Ma Hi O Ri Ta Yo Shi Se ◯」（分別代表 1-0），妳要記清楚哦，然後問她這個多少錢，那個多少錢，對於不擅長數理的央子來說，迅速地告訴她「O Ru」是五十二錢，「Tsu Ma」是十三錢，讓她學會怎麼應用。

譯註2　一間約於一．八公尺。

「這些標價牌標的是進價，至少要賺一到兩成哦。之前那位總是忘了標價牌的事，經常用原價賣出，這時候只能連忙喊停，不能賣了。」

說著，接下來的兩、三天，非常囉嗦地再三詢問央子「Tsu Ru Ma Hi O Ri Ta Yo Shi Se ○」的內容，央子也覺得這個標價牌太難記了，甚至還發起脾氣，說那些標價牌有夠麻煩。仔細想想，裡面可夾雜著亡妻的阿鶴（Tsu Ru）跟嘉吉的嘉（Yo Shi）字，這個標價牌也太厲害了吧。後來嘉吉生氣了，央子原本很不高興，正在鬧彆扭，突然覺得他很可愛。不然學百貨公司那一套，清楚標示價格吧，他們急忙買來橡皮章，在標價牌上逐一印上價格。不過，要習於玩樂生活的央子乖乖地說：「是的，那條七分褲賣六十錢。」或是「那件上衣是伸縮材質的上等貨，壹圓二十錢真的不算貴了。」這種話讓她發自內心感到麻煩，再說，要是客人買了壹圓八十九錢，收到拾圓紙鈔的時候，她每次都會衝進屋裡找嘉吉，「你來一下。」剛開始嘉吉還能笑著應付，過了兩年、過了三年，她還是一點也不熟悉家裡的生意，總是能在家裡找到有陽光的地方，在陽光下攤開歷史小說，到了夏天，則比一般人更怕熱，在廚房的木地板鋪上涼蓆，像條生魚似的滾來滾去。嘉吉有時也會想，自己養到一個無情的女人了，奇妙的是，她在廚房裡總是靈巧俐落，輕而易舉就能端出一、兩道嘉吉喜歡的菜，生意好的日子，還會在貓板上放著酒瓶。說起來，央子比嘉吉更愛喝酒，經常在廚房喝上好幾瓶冷酒，嘉吉也會罵她幾句，不過她說：「我也不喜歡啊，可是我肚子裡的蛔蟲喜歡，所以我也沒辦法哦。」夜裡喝醉之後就爬進被窩裡，嘴裡一定會唸著「有鬼、有鬼」。……其實根本沒有鬼，倒也不是因為良心的苛責，才會虛構有鬼。只是喝了酒之後，總覺得不好意思在老公面前說：「啊啊，好爽啊。」所以嘴裡才會怒吼「有鬼」，心裡則像吐牛舌一般，做著鬼臉，用力搖晃船底枕[3]，讓嘉吉覺得不舒服。嘉吉也是一樣，聽到隔壁傳來「有鬼、有鬼」的時候，背上總覺得有一陣寒意，不過他認為央子可能只是害羞，愛說什麼就讓她說吧，自己則不發一語。當嘉吉沉默的時候，央子則心想「哼，認輸了吧」，不知不覺中，

譯註3 底部像船一般，兩邊彎起的枕頭。

也安靜地像孩子一般，接下來反而想到過世的前妻每晚也躺在自己的位置上，也覺得背後突然發寒，便說：「喂，你醒醒。」一拉扯嘉吉的枕頭。枕頭被扯之後，嘉吉也沒辦法裝睡了，××××地任憑重力滑落，不可思議的是，他並不討厭這個女人。央子晚上在床上聊天的時候，有時會提起其他的男人，她總能毫不在乎地說起娼妓才會說的話，不過她並不像過世的老婆那樣會裝睡，本質就是在小酒館工作的女人，才會這麼大喇喇吧，也不像正常人的老婆那樣，說××××跟深秋細雨一樣無聊，對於嘉吉來說，行為舉止簡直跟在深山裡嬉戲的野獸沒什麼兩樣。她的力氣不知道打哪來的，白天，嘉吉偶爾會撢著上衣箱與鬼足袋[4]，認真地思考這件事。

央子到他家的第二年，店裡像是乾涸的砂子一般，品項稀稀落落，如果客人訂購半打同樣的手帕，也只能尷尬地回絕，品項愈來愈少了，嘉吉的日常生活也逐漸失去活力。……他本來就是一個小商人，雖然開了這樣一間店，卻沒有受到其他人幫忙，全都是他獨自賺來的財產，因此，品項減少的時候，沒有人責怪他，不過嘉吉與央子都覺得前途茫茫。

「喂，我再去之前的店裡上班吧，你覺得如何？」

央子總覺得只要自己去工作，當天就有錢進帳了，不禁懷念起從前陪酒的工作，有機會想再重拾女服務生的舊業，每次泡澡回家、買菜回家，央子都會趁機看一下應徵接待女服務生的廣告。

「別說傻話了。妳也想想自己的年紀吧。在那種地方，女人頂多只能做到二十二、三歲……，妳也二十七、八了，還以為自己是年輕小女生嗎？」

聽到這句話，她都會頂嘴，「我跟年輕女孩差不多啊，人家沒生過小孩嘛。」厚著臉皮說我不會勉強你哦，日子就這樣一天一天地過了。然而，兩人只要一碰面，不知怎地馬上就會提分手，每回談分手談到三更半夜的時候，第二天就會比別家店更晚

譯註4　足袋的一種。鬼足袋工業的商標。

開門，多次錯過了不少微小的商機。

央子在嘉吉身旁的第三年初夏，終於對一台腳踏車出手，把它賣掉了，店裡就像滯銷品的陳列場，空蕩蕩的，只剩下針織品的空箱子依然整齊擺放著，這個情況微妙地敘述著這家舶來品店經營不善的狀況。

嘉吉明明是個膽小的人，卻又很固執，央子剛進門的時候，倒是還能應付自己的固執，不過，背負著央子這樣的女人，原本由前妻妥善經營的生意，瞬間變得跟小生意一樣無聊，於是他開始玩起股票。原本沒投入多少資本在股票市場，後來被壞心的投顧所騙，輸得精光，他也曾經沉迷賽馬，最後找上報紙刊登的高利貸，殺紅了眼，到處向小型金融公司借錢。愈是著急，他就像身處沙地之中，愈陷愈深，一切就像隨風而逝一般，店裡也愈來愈空了。……當店面沒有商品可以陳列時，他們到淺草一帶的化妝品中盤商批發一些便宜的男用髮油與粉底液，擺在店裡，最後那些也成了嘉吉的裝飾品，積欠了一年的房租沒繳，最後房東的老婆站在店門口哭了起來，讓他們喘不過氣，也抬不起頭。

央子在雙唇塗上蜂蜜，以舌尖細細品嚐，她像是想到似的站起來，從壁櫥裡取出鋪棉睡衣，蓋在嘉吉脖子以下的部位。嘉吉認為讓女方主動提出分手的男人，可說是最低級的男人了，他閉上雙眼，一直想著各種不吉利的事。

「剛才提到的事呢，我們兩個不都是個性乾脆的人嗎？不要再留戀這種店了吧。如果要買一條手帕，人家也比較想去百貨公司買啊，再說，誰肯花兩、三千圓，在這麼小的店裡買一條手帕呢？這也是沒辦法的事啊。」

「妳說得沒錯。現在開了那麼多家百貨公司，再說，只要有點本錢，任何人都能在市場開店，誰還願意來這種陰森的店呢……時局已經不一樣啦，誰肯在這裡花兩、三千圓？這生意，我不幹啦！」

「那你打算做什麼？」

「做什麼？首先最重要的是錢吧。不管要做什麼，要是沒有資本，可是什麼都幹不成啊……」

「喂。」

「什麼事?」

「要是我們把那些值錢的，還有那些有的沒的賣掉，能賣多少錢呢?」

「值錢的要拿來折抵房東的房租啊，至於其他有的沒的，也只能賣一點點錢，頂多能讓我們到附近的溫泉住上一晚吧……」

「溫泉嗎?溫泉不錯耶。櫻花差不多要開了，討厭啦，我想到從前了……」

央子回想起五、六年前，在餐廳工作的日子，當時在賞櫻會站了一整天，站得腳都快麻了。嘉吉則是在戶外聆聽寒冷的風聲，一心只想喝酒。

「喂，再過五、六天就是四月了吧?」

「妳是不是要說仔細思考之後，我們不要在一起比較好?」

「隨便你怎麼想囉。」

於是，嘉吉像是要把睡袍踢開似的站起來，大口喝下已經涼掉的茶，說:

「乾脆把那些貨賣掉，既然已經決定要分手，不如去一趟溫泉吧?」

一直以來，央子都像蒙了一層灰似的毫無活力，聽到嘉吉說要去溫泉，就像個年輕女孩般雙眼發亮，嬌聲叫道：「真好。」比起跟那些雜物共處，一天拖過一天，不如乾脆把它們賣光，去溫泉玩，接下來兩個人再分手也不遲，說不定還能毫無眷戀呢，「這個主意很棒，在這種地方悶悶不樂也無濟於事。」央子立刻從店裡取來帳簿，在嘉吉面前攤開。

「在空白的地方，寫上哪個東西值多少錢吧。」

「你是說那些不值錢的廢物的行情嗎？」

「雖然是廢物，收銀台跟櫥窗裡還是有不少吧？」

「嗯，是有啦，不過，那些全都拿去抵押了，沒辦法賣呢……」

「蛤？抵押？什麼時候的事？」

「很久了啦。我們已經一無所有啦。」

央子沒料到嘉吉竟然連那些東西都拿去換錢。

「要是我們不連夜逃跑的話，白天根本什麼都賣不掉嘛！」

「沒錯。」

「討厭啦，又沒過什麼揮霍的生活，你玩什麼股票跟賽馬啦，這麼小的店根本是杯水車薪嘛。而且還瞞著我偷偷去借高利貸，討厭死了……」

儘管如此，對於去溫泉這件事，央子還是很高興。她好想把家裡這些可有可無的東西賣光，再去搭火車。「喂，想辦法籌點錢，我們去玩嘛，為雙方留下一些回憶，不是挺好的嗎？」

央子看似眩目地仰望房間角落的電燈。

第二天，嘉吉悄悄地叫住正好路過的資源回收老人，從廚房用具到寢具全都賣光，換了一點微薄的價錢。那是一個風沙有點大，還算適合賞花的好天氣，藁店的小巷子裡，隨時都很安靜。央子假裝在路上灑水，提著水桶把水溝蓋淋得濕答答，提心吊膽地擔心房東太太或中盤商的經理來訪，一直到處走到收破爛的離開。收破爛的來了好幾趟，帶走瑣碎的物品，兩人在空蕩蕩的房間裡相視傻笑。

「你賣了多少錢？」

「Ru Ta Yo Ma Ru」

「這樣啊，那也是沒辦法的事，二十七圓八十錢，再多一點不就三十圓了嗎？」

「願意出這筆錢買就很好了……」

梳妝台和長火盆都賣掉了。衣櫃畢竟太大了，所以留在原地，不知道為什麼，央子一直覺得嘉吉捨不得把衣櫃賣掉。太陽下山之後，兩人把能穿的衣服全都穿在身上，把兩個人的物品塞進小型行李箱，天色剛暗就把門窗關好，兩人刻意肩併著肩走到外面。「心情舒爽多了。」央子宛如回到故鄉一般，充滿活力，在嘉吉的心裡，則是十分苦澀。在那個屋子正好待了六年，雖然很小，想到他們一直撐到現在，想到過去發生的事，就覺得鼻頭似乎有點熱。走出巷子，漫不經心地回頭看，黃昏燈光下的屋頂招牌，似乎在向嘉吉伸手，叫著他。要是跟那個房子道別，還跟這個女人道別，自己該用什麼方式走向哪裡，又該住在哪裡呢？有股難以言喻的落寞，在嘉吉的胸口來回穿梭。

神樂坂路上的沙塵很大，還有一點涼意，不過街道明亮，人潮熙來攘往，看來相當有活力。

「喂，小山家的櫥窗又多了一些商品哦，說起羊牌的針織品，賣價比我們貴了一成五，生意為什麼那麼好呢？我實在是想不通耶。」

「當然是因為他們有本錢啊。像那樣增加櫥窗的展示品，打造咖啡廳，都能吸引客人的青睞。」

在莫約兩坪大小，鑲嵌著一片玻璃的櫥窗裡，擺飾著瑞士生產的運動服、紳士帽、拐杖等物品，店員身著西式服裝，頭髮梳得向蜻蜓的複眼一般光亮，恍神地抽著菸，兩人來到小山舶來品店前，忍不住在櫥窗前駐足停留。他們並不是特意停下腳步，只是同時湧起一股念舊的感覺，倒也不是因為一件一件的物品，在兩人眼裡留下鮮明的印象。

嘉吉與央子在風沙很大的街道裡，漫無目的地前往新宿方向。

「我想買一支牙刷。」

嘉吉表示想要牙刷，於是兩人穿越人潮，走進百貨公司。由於夜間營業的關係，店裡亮得幾乎讓人頭痛，到處都裝飾著人造櫻花的樹枝。在化妝品賣場物色便宜的牙刷時，嘉吉突然轉頭望向央子的方向，看到央子悄聲把腮紅的圓盒子滑向陳列櫃的角落。看到她做壞事的情景，嘉吉狼狽地結了帳，催促著央子，迅速從百貨公司的後門離開。嘉吉佯裝若無其事，不過，在他的心裡，甚至有股向各大百貨公司成功報復的心態。央子一臉坦然，說著賞花時節的風沙特別大啦，月亮好紅好漂亮、不知道多久沒搭火車之類的話題。

兩人搭乘當天夜裡的火車，前往熱海。

他們住在距離海邊相當遙遠，比較靠近山邊的小旅館。打開房間的窗子，可以看到朦朧又巨大的月亮。對嘉吉來說，這可是他有生以來第一次帶女人出門旅行，彷彿又回到青春時期，酒喝得比央子更起勁。那間破店算什麼東西。我打算做更大的生意，把妳嚇一跳。嘉吉的心情好的不得了，猛拍央子的肩膀。……當嘉吉開始說起「那間破店算什麼東西」，聊起他們拋下的店時，央子彷彿有股錯覺，過世前妻的骨灰罈似乎發出喀嗒喀嗒的聲響，在空中飛來飛去。嘉吉向女方的娘家分來骨灰，將小巧的骨灰罈供在神壇上，央子心想，嘉吉現在是不是在想亡妻的骨灰呢，每次提起「那屋子」的時候，都會忍不住蹙著眉頭。

嘉吉喝醉之後，像個孩子似的，趴在央子的膝上，哭著說「要是有五百圓的話……」、「就算我們分手也於事無補」之類的話。

他們在熱海過了兩夜。

氣候溫暖，幾乎已經不需要再穿外套了，後山的梅樹林已經萌發小巧的新芽。心不在焉地望著堤防上的梅樹林，偶爾可以看到火車在梅樹上奔馳。央子看著這景色，突然萌生一股與嘉吉共赴黃泉的念頭，不過那只是幻想，央子在和煦的陽光之中，像隻伸長的蚯蚓，躺在地上看著跟旅館借來的歷史小說。

「今晚差不多該回東京了……」

「……」

央子以留戀不已的緊張神色，沉默不語。……兩人再次搭上夜班車。兩夜的旅行並未讓兩人徹底醒悟，微不足道的離別氣氛卻讓兩人持續處於痛苦的情緒之中。……對央子來說，當然有部分出於年齡的因素，直到面對現實的那一刻，這才察覺身體的疲憊不堪。她並不覺得跟嘉吉各奔東西，就能即刻覓得幸福。對嘉吉來說，只要有錢，就不需要留戀他的一、兩個妻子，不過，他既沒有錢，也拋棄了房子，與妻子分手的孤單，已經使他寂寞得難以承受。完完全全地孑然一身，雖然在妻子面前誇口要想辦法振作，不過，對於年近四十的男人來說，這話總泛著一股虛張聲勢，這份空虛則是嘉吉最難忍受的部分。如果能繼續跟妻子兩人一起餓肚子，不知道該有多麼愜意。

回到東京之後，兩人依照在火車上討論好的結果，先向新宿後巷的小餐館打聽女服務生的職缺。總之，先安頓好央子的工作，然後嘉吉再自由發展。

「喂，好像快下雨了。」

「嗯，應該會下一點雨。」

嘉吉將披肩大衣的披肩往後翻，抬頭仰望天空。儘管提出分手，直到這一刻，她肯定還是會寂寞吧，嘉吉做好心理準備，要是一直找不到落腳的地方，可能要乾脆住在小巷子裡的廉價旅館了。走進咖啡廳、炸豬排店、小餐館櫛比鱗次的新宿小巷，央子把包袱寄放在嘉吉身邊，逐一走進看似需要人手的小餐館。然而，最後卻是在一家掛著布繩招牌的小餐廳找到工作，央子一臉尷尬地皺著眉頭跑過來。

「沒關係，只是暫時的，妳就委屈一下吧，看來是一個輕鬆的地方啊。」

嘉吉莫名開朗地安慰央子，用一種既然走到這一步了，妳也要想想自己的年紀的口吻，把包袱還給央子。

「等我決定落腳處再通知妳。不過，這四、五天我可能會到處走走……，總之，妳多保重……。」

說著，嘉吉提起放在砂石地上的行李箱，央子陪著他走了兩、三步，說：「這是剛才領到的，你帶著吧。」她從手提包裡拿出所有的零錢，著急地塞進嘉吉手裡。

雨滴嘩啦嘩啦地打在屋頂上。「好了。妳快走，好好工作，轉換心情吧。」說著，嘉吉往前跑，他被大滴的雨水嚇了一跳，衝進加油站的屋簷下，看到自己漆黑的影子落在雨中的馬路上，果真是一副前途茫茫的模樣。

「還好嗎？」

「還好。」

在加油站的屋簷下，兩人像在藁店的家裡對笑一般，嘴角依然留著相視互笑的笑意。央子狠下心離開屋簷。總不能一直再待下去，反正最後都會迎向這種結局，不如乾脆走向自由的方向。央子頭也不回地，走進那家在船板上寫著小磯，掛著布繩招牌的人家。坐在水泥地的客人們帶著女人，他們邊吃火鍋邊喝酒。央子走進櫃台，正在給嬰兒餵奶的老闆娘帶央子到兩張榻榻米大小的員工休息室，說：「把行李放在那裡，去外場吧。」二樓有兩間房間，客人正在敲茶杯唱歌。女服務生總共只有兩人，她們都綁著圓髻，穿著穩重的粗條紋工作服，雖然只是一間掛布繩招牌的小餐館，看來還是不容小覷。

待央子離開後，嘉吉抱著旅人的心情，不知道該把老舊的行李箱放在哪裡，只好沿著屋簷往四谷的方向漫步。這場雨只是短暫的驟雨，待雨滴消逝之後，滿是沙塵的馬路宛如灑水車經過，被水光映得閃閃發亮。……嘉吉屢次在舶來品店前停下腳步。狩獵帽、領帶、襯衫、睡衣，各種物品化為漩渦，不斷地流進嘉吉眼裡。……嘉吉接二連三地在舶來品店駐足停留。他心想，乾脆就這樣回到神樂坂的家裡吧。至少從遠處眺望那間自己已經回不去的房子，看看它怎麼了，不過夜色已經深沉。他的眼光停在掛著稻田屋旅館的商務旅館招牌上，於是嘉吉有氣無力地以肩膀推開玻璃門，走了進去。……在這一生之中，嘉吉只願這份悲慘是第一次也是最後一次，當耳朵黑得像剛從山裡出來的嬌小女子端茶過來時，他仍然呆呆地祈求這件事。如果說寂寞像是手掌，那隻細瘦的手在嘉吉身邊放了數不清的寂寞。他孤獨得快要受不了。嘉吉將茶水一口飲盡，想到央子身無分文，在距離這邊不到兩、三丁的地方，陪別人喝酒的模樣，心想要是在熱海多住一晚就好了，想著一些於事無補的事，嘉吉請人早點鋪好床鋪，像個女人似的紅了眼眶。雖然他無法言喻，無法用筆墨形容，分開之後，他才發現自己對央子的愛情宛如瀑布一般湧出、流動著，這股難以捉摸的不安，並不是針對錢財或生活，而是對那嬌小女子的愛情迴流，如今，嘉吉只想對著央子喊：「喂——，喂——」。

郊外的電車在後窗之下奔馳。不知不覺間，嘉吉沒關掉頭頂的電燈，累得呼呼睡去。

對央子來說，這次算不上她喜歡的分手方式，儘管對嘉吉的個性已經極度厭膩，全身濕答答地到處找工作的時候，即便在女服務員的房間裡休息，仍然難以入睡。她甚至想到嘉吉是個膽小的人，該不會去自殺吧。不過，說不定也有可能回到藁店的家裡，毫不在乎地睡著了，比起嘉吉的沒出息，她更深刻地體會著自己的落魄。早知道會這麼寂寞，不如死賴在藁店的店裡算了，轉念想起經營時髦咖啡廳招徠顧客的小山舶來品店，還有那一帶大大小小的舶來品店，她又覺得所有的人都在勉力掙扎著。

在百貨公司偷來的胭紅也是，她實在是不打算在嘉吉面前擦，想不到在燈光下竟是浮誇的顏色，央子在心裡嘖了一聲，心想，我到底會怎麼樣，躺下來也闔不上眼。

第二天傍晚，嘉吉沒穿大衣，也沒帶著行李箱，便上門來找她。儘管央子很高興，刻意擺出不開心的表情，把嘉吉拉到招牌店的屋簷下。

「怎麼樣，工作還行嗎？」

「不是什麼好地方……」

「這樣啊……」

「你昨晚在哪裡過夜？」

「昨晚嗎？我昨晚住在那邊的商務旅館了。」

「哦，你沒回藁店嗎？」

「說什麼傻話，已經回不去了吧？要是一個不小心，不知道會遇到什麼事。」

「你有什麼好主意嗎？」

「倒是還沒有什麼好的想法，今天早上我去了一趟淺草，如果要去夜市賣化妝品，有地方可以借我一點商品，讓我寄賣，我還在考慮……」

這四年來，兩人吵了好幾十次要分手，真的分開之後，一方面可能是因為雙方都身無分文，另一方面可能是年紀造成的留戀，當兩人重逢之後，嘉吉與央子都在寂寞的狀態下，感到心靈愈來愈溫暖。

「夜市？」

「對啊，妳覺得呢？」

「嗯嗯，夜市也不錯，不過這陣子也開了不少百貨公司，不像以前那麼好了。大家走路的速度也變快了，……所以你想賣什麼東西呢？」

「商品嗎？」

「對啊。」

「檸檬化妝水、髮油或是透明蜜粉之類的，每一件的原價平均 Tsu O（十五錢）

左右，可以賣個 Ma O（三十五錢）吧，每天只要賣二十件，差不多就可以穩定收入四圓吧。」

「不過那只是假設吧。也要看擺攤的地點吧，不如乾脆去鄉下地方巡迴，當成某某百貨公司的出清品來賣，這樣比較有效吧，在東京擺夜市，連我這個門外漢都覺得不妥耶。」

「嗯，我也覺得夜市不是很妥當，不過現在我也拿不出到鄉下巡迴的旅費。」

「可是要在東京擺夜市，一定要考慮風雨的問題啊。要是每天都能賺到四圓，一個月就能賺到整整一百二十圓，就不會聽說什麼夜市商人上吊自殺的故事了吧。喂，接下來一進入梅雨季，我看就就直接收工了吧。」

「唔，話不用說得那麼死吧？現在才要開始做生意，……對了，妳覺得文具會不會比化妝品好？」

「我想想，文具應該比化妝品好吧？」

曾幾何時，兩人從招牌店的屋簷往前走。嘉吉與央子聊到夜市的事，都十分興奮。「我不在你身邊，你一個人什麼都辦不到。」央子經常對嘉吉擺出驚訝的模樣，「你說因為景氣不好而分手，讓你覺得心裡不舒坦，到了這個地步，換我變成那個可憐的人了。」走著走著，央子深深嘆了一口氣。……嘉吉已經不知道自己是不是還活著，還是只有雙腳在往前進，如今，他已經不清楚自己的身體到底怎麼樣了。儘管他說了要去擺夜市的事，不過要是沒有本錢，就沒辦法寄賣。他必須先繳納十圓的保證金，對方才肯提供比本錢多一點的商品讓他寄賣，嘉吉所謂的每天賺四圓，根本只是嘉吉描繪的美好童話。

「妳要不要去我的旅館看一下？」

看到嘉吉憔悴的樣子，央子也沒辦法回絕。到了旅館，櫃台的人看到沒穿外套的央子，還以為她是嘉吉擅自帶來入住的旅客，一直打量著她。

房間裡只有一個沒點火、歪斜的烤火盆，一張已經失去光澤，滿是塗鴉的桌子，嘉吉的行李箱緊貼在桌子旁。兩個人都不知道該坐在哪裡。央子故意發出很大的聲響，喀啦喀啦地拉開窗戶的玻璃，坐在窗框上。開往郊外的褐色電車在眼前奔馳。

「你在這裡過夜嗎？」

「對啊。」

「好空的房間哦。」

「商務旅館都是這樣的嘛……」

原本呆立於原地的嘉吉，在央子身旁躺下，笑著說：

「好想喝酒哦。」

「你頭髮留長了耶，去理髮廳，去理髮廳剪一剪吧。」

「嗯，我本來想去理髮廳，待在這種旅館，老是覺得不夠安定。」

「對啊，在這種情況下，女人不管上哪兒都能安定下來，男人好像沒辦法呢。」

嘉吉望著連遣詞用句都十分生疏客氣的央子側臉，心想偷腮紅的央子還比較像自己的老婆。即使現在只是說話客氣了一點，兩人之間似乎出現一、兩里[5]的隔閡，嘉吉搖搖央子的腳，小聲叫喚，「喂，喂。」

「討厭，你幹嘛！」

央子像是大吃一驚，大動作地拉好衣服，從吃驚的嘉吉身邊起身。

「要回去了嗎？」

「對，待在這裡也不能幹嘛啊！」

「……」

「喂，到底該怎麼辦？……你的大衣上哪去了？」

「賣掉了！」

「這樣啊，算了，接下來要變暖了，在你把衣服賣光之前，看是要擺夜市還是什麼都好，快去弄吧。」

「誰要妳多管閒事！」

「啊！生氣啦？」

「沒辦法嘛，我又不像妳永遠都在放空，我可是想了又想，想到頭都痛了！只不

譯註5　約四公里。

過，我們分手之後，妳反而比較輕鬆吧，對不對？女人都不會衰退嘛。……夫妻就是這回事嘛，生活變差了，只要提分手，再見、掰掰就好……」

嘉吉被自己所說的話打擊。

「真是的，你幹嘛說那種話啦……，我們好不容易才聊得這麼開心，還聊到這陣子該怎麼辦，不是嗎？……我說你啊，與其選擇我這樣的女人，你應該去娶一個更好的太太，要是能生個寶寶，一定會很幸福吧……」

嘉吉站起來，一把扯過央子的胸口，將她扯到地上。央子從打開的窗戶，看見廣告氣球在空中盤旋。

被打了一巴掌，央子覺得臉頰熱燙，不過她沒有哭。她閉上眼睛，不發一語。嘉吉騎在央子身上，喘個不停，鬆開抓住她胸口的雙手，雙方都陷入沉默，兩人都不禁想起經常嚷嚷「有鬼、有鬼」的時光。

在嘉吉心裡，原本充滿了暴力的念頭，現在他已經異常冷靜。「還好吧？對不起！」說著，他摟住央子的脖子，溫柔地扶她起來。

「男人到了這種地步就完蛋了。」

「……」

「把腰帶綁好，快點回去吧。」

嘉吉把頭倚在窗戶的檻杆上，雙手插進亂糟糟的頭髮裡，像瘋子似的狂甩頭皮屑。……央子一直躺著，呆呆望著飄浮在空中的廣告氣球。分手之後，她似乎再也找不到會認真生氣、揍她的男人了，更不可能找到會扶她起來的男人了。比起嘉吉現在心裡的痛苦，自己望著那宛如白晝之月的廣告氣球的孤獨，央子覺得十分甜蜜，眼淚幾乎奪眶而出。

「喂，我不回去了！」

「……」

「我要跟你在一起，雖然分手了，要是我們沒有過得更好，不就像鬼的糾纏，會一直藕斷絲連嗎？」

央子起身，默默地與嘉吉並排坐在窗框。把自己的小梳子，交給低頭望向鐵軌，把纖瘦的手伸到頭上甩頭皮屑的老公手裡。嘉吉接過梳子，心想這東西不錯，用那把小巧的綰髮梳，喀喀喀地抓起頭皮。

央子心想，明天的事留到明天再煩惱，一直望著宛如灰塵般，散落在嘉吉疲憊肩膀上一片又一片的頭皮屑。

「里拉」的女子們

學生時代的回憶、數年的旅外生活，他全都過著對妻子問心無愧的生活，不過，如今，他卻愛著這名餐館的女服務生，更甚於自己的生命。

1

實在是太無聊了，女子們唱起麻雀舞之歌[1]。仔細聽著那首麻雀舞之歌，彷彿女人們在自述自己的心境，伴隨著外面快要下雪的模樣，聽起來像似某種奇妙的故事。

在里拉餐館前的紅色公共電話的屋頂上，已經積了厚厚一層雪，宛如一朵菇傘罩住箱子裡淡淡的光線，從稍遠的地方看來，也像是一盞西洋古董燈。

天色才剛暗，綿綿細雪靜悄悄地下著，周遭猶如深夜般寂靜。從里拉的百葉窗，依然沉靜地傳來剛才的麻雀舞之歌。

宛如西洋燈的公共電話亭裡，有一名穿著深藍色毛織品外套的中年男子，三不五十會神經質地抓抓耳朵，打從剛才起，就一直對著話筒說話，……偶爾會瞄一下里拉的入口，似乎在窺探里拉的情況。

被吐氣蒙上一層霧的電話亭外，車頂染白的電車及汽車，則不間斷地在馬路上奔馳著。「蛤？所以我叫妳出來一下嘛，雖然我過去也沒有問題，不過我可不想被岡田發現啊……妳懂嗎？」講電話的男子說了這段話，便掛上話筒了。男子偶然朝向入口，臉上還留著美麗的淺笑，宛如少年一般，紅了臉龐。男子從口袋裡拿出香菸，動作俐落地以打火機點燃。這時，里拉的綠色玻璃門開了，一名沒穿外套的纖瘦女子，似乎停下一直唱到剛才的麻雀之歌，離開同伴們過來，喃喃自語地唱著歌詞「嗨呦、嗨呦」，儘管如此，她仍然露出不安的神情，走了出來。出來之後，她只穿著草鞋，在厚厚的積雪中，一直走到距離兩、三戶人家的街角暗處。

男子見到站在街角的女子背影，先就著香菸的紅色火焰吸吐好幾口，這才推開電話亭的沉重拉門，走向與女子相同的方向。

「會不會冷？」

「還好……」

「直子小姐愈來愈會找藉口啦。」

譯註1　麻雀舞是源自仙台的一種舞蹈。

「你在挖苦我嗎……？」

「無所謂啦，真想跟妳一起到天涯海角。」

「蛤？」

「妳願意嗎？」

「這種要求當然不行！不行哦，到頭來只是苦了自己……」

綿綿細雪宛如柳葉，落在女子紅豆色的肩上。男子的帽子早已結了一層霜，似乎十分焦急。

「我開車來的……」

「哦，……不然我明天陪你吧，今晚先回去吧，不然的話，岡田先生還有阿粒小姐會忙不過來……」

男子用手帕輕輕拍走女子肩上的雪，一直注視女子的眼睛。

「再見……」

「好，……再見，我明天幾點開車來接妳呢？」

「停在我們的店門口，有點麻煩耶？請在有點距離的地方等我就行了。」

「不然就約新橋車站吧。妳認得我的車嗎？」

「認得……，那就傍晚四點……」

女子突然輕聲咳了起來，用衣襬摀住嘴巴。

「是不是感冒了？妳明天一定要來哦……」

女子客氣地彎腰致意，便小快步回到剛才的里拉前方，孩子氣地回頭望向男方，露出溫柔的微笑。

2

銀座里拉餐館內部，麻雀之歌尚且停留在每一位女子的唇瓣，同時回歸到如同海底般的寂靜。共有五名女子坐在椅子上，不見任何客人的身影。閒得發慌，戶外下雪的模樣，似乎滲進這間小小的里拉餐館了，女子們覺得停止唱歌有點寂寞，露出清冷的面容。唯有這間店資歷最老的阿粒，在看似南洋產的羊齒蕨盆栽後方，啜飲著威士忌，焦慮地怒吼。

「雖然我看起來很好騙，也失敗了七次以上了哦，很多女人根本沒嚐過失敗的滋味，就急著嚐苦頭，真受不了耶，阿勘覺得如何呢？」

臉型較長的酒保，吹著桃粉色的氣球，說：

「話可別亂說哦，別說失敗七次了，現在的時局啊，失敗一百次的人多著呢。」

「笨蛋，你想說什麼啦？呵呵呵，老闆娘躺著吹氣球耶。」

阿粒一臉掃興地從盆栽後頭走出來，走進彷彿睡呆了的女子們的椅子之中。

女子們聽著阿粒不停地叨叨絮絮，這時，直子茂密的頭髮沾著綿綿細雪，走了進來，接著又繼續唱起麻雀舞之歌。

「好有趣！」

「……」

「阿直小姐的生意都做到外面去了，真令人羨慕啊。」

阿粒的語氣尖銳。直子默不作答，對著牆上的鏡子，以手帕擦拭頭上的細雪，暗自覺得阿粒的眼神快把她的背射穿了。

「阿直小姐！剛才的電話是牧先生打來的吧？」

「……」

「對吧！阿直小姐什麼時候變啞巴啦？」

「還是說，妳以後什麼都不打算跟我們說了嗎？」

到了這個地步，女子們也顧不得麻雀之歌了，圍著已經醉得差不多的阿粒，紛紛阻止她，「好了啦。」一眾人愈是阻止，阿粒愈是生氣，一直急著想要直子說點什麼。

「妳是不是覺得我喝醉了，沒把我放在眼裡？我才不會任妳瞧不起我，把我當白痴！」

「……」

「好了，好了，粒子小姐，妳在說什麼呢？雪下這麼大，大家心情難免不好嘛……」

「心情不好是妳家的事……，哼，我最受不了她把我當成醉鬼，一臉趾高氣昂，無所謂的模樣了，把別人當傻瓜。」

「對不起，我沒有那個意思……，好了，我們來聽唱片，熱鬧一下吧？」

天花板上的蔓性玫瑰假花圍繞著黃色的吊燈，宛如玻璃一般，綻放紅豔的花朵。

直子突然覺得眼頭一熱。

「都是下雪害的啦，害客人都不上門了，大家都這麼急躁……」

身材嬌小的百合子與唇上有一顆痣的千子，兩人在角落竊竊私語。阿粒整個人埋在皮椅子裡，似乎已經不打算再糾纏直子，以和服衣袖覆住她的臉，緩慢地唱起麻雀之歌。

3

「唉，這場雪下得還真大。」

也許是唱歌唱到煩了，千子推開門，看了看馬路。……百合子在無名指的根部塗上曼秀雷敦，拔下堅硬的戒指。

「妳怎麼啦……？在幹嘛呢……？」

跟百合子很要好的里美，同樣倚在椅子上，憂鬱地望著百合子那宛如孩童的手。

「喂，吃驚這兩個字要怎麼寫呢？」

阿操從方才就在房間的角落寫著信，她不急不徐地大聲朝向百合子的方向喊。原本用衣袖覆著臉，唱著麻雀之歌的阿粒正好站起來，在房裡四處張望。

「吃驚就是驚訝的那個驚啊。這個字很奇怪吧？」

里美在小張的發票上寫下吃驚二字，遞給她。儘管房裡還算溫暖，卻有一股奇妙的涼意，女子們只是跟隨心之所向，像影子一般飄浮著。宛如影子般的女子們，從來不曾擁有過宛如此刻般的安寧，心裡都想著，不管是誰都好，快點來個客人吧，無聊得不知所措。……正當她們百無聊賴之時，三名看似上班族的男子推開門，全身是雪地走了進來。屋裡突然充滿活力，女子們像是得救了似的，游到男子身旁。

「妳們生意是不是很差啊……」

「別說笑了嘛，現在才要開始呢。」

阿操把信丟到一旁，為三名男子脫下外套。阿粒似乎認識其中一名男子，突然輕浮了起來，倚在那名男子的肩上，在他耳邊說著悄悄話。

男子們以熱毛巾擦著臉，怒吼；

「喂，妳只顧搭理一個人的話，我們要回去了哦。」

「別開玩笑了，他前陣子打麻將輸給中村先生，說什麼把輸掉的錢拿來喝酒一定很爽，到現在都還沒還清呢，有夠蠢的。切。」

「哦哦，這可是個好消息呢，你乾脆晚點再還吧，晚點再還吧。」

女子們笑得花枝亂顫。

這時正好播到 One Kiss 這首爵士。屋裡總算是熱鬧多了，……溫暖、明亮多了，剛才那股希望趕快有個人進來的情緒，等到三名男子進來之後，很快就煙消雲散了。窺探著阿操與阿粒的女子們，好像總算放鬆了，分散坐在各個角落的椅子上。

「所以妳打算把戒指還回去嗎？」

「當然啦，那男人覺得只要送這種東西，就連靈魂都能得到解脫，人太可恨啦！聽說對方以前是牛肉店的服務生，甚至還有把整綑鈔票甩到對方臉上的氣慨呢……，聽起還真有一回事呢，有夠蠢的啦。」

百合子輕輕撫著無名指紅腫的戒指痕跡，一邊用蛋白石來回刮著牆壁。

「情侶之間，難免會有意見不合的時候嘛。」

「討厭啦，這才不是什麼意見不合呢，對方可是很爽快地辦了婚禮哦，婚禮那天晚上，我原本打算去大鬧一場，不過我正好沒盤纏了，而且要是這麼激烈的話，我可能會悶出病吧，所以打消了念頭……」

「這樣也好，……可是，還了戒指之後，不就什麼都沒了嗎？那個人以後想起妳，一定會哭吧。既然要歸還戒指，不如妳主動出擊，這樣比較痛快吧？……要不然，乾脆把這只戒指賣掉，把那筆錢拿去玩，說不定還比較好呢……」

說著，里美也想起自己的事。雖然光想也沒有用，最後還是做出一個結論，「我們也只能靜靜看著時間流逝了。」

「對啊，我把戒指賣了，去熱鬧的地方旅行也不錯，里美也一起來嘛。」
「哦……然後妳會在旅行的飯店哭整個晚上吧，我還是別去好了。」
「傻瓜，哪有人專門戳人家痛處啦……」
兩人像少女般呵呵笑著。……唱片播著同一首歌曲，反覆唱了好幾回。

宛如彩雲飛逝
今夜的你
毫不猶豫
放手吧……

這是直子喜歡的歌曲。從男人們的包廂裡傳來阿粒拔尖的聲音，
「幫我關掉！那麼陰沉的歌，到底要播幾次啊，煩死了。」
唱片空轉之後停了。角落的女子們像要拍到灰塵一般，站了起來。

4

「看這樣子應該積了不少雪。」

以粉餅輕撲鼻頭的千子，像是突然想起來似的，悄悄地向在留聲機旁的直子搭話。

「阿粒小姐不知道怎麼了，妳可別放在心上哦。提到牧先生的事，就會讓她發作呢。明明就沒希望了……」

直子露出淺淺的微笑。儘管她露出笑容，心裡只覺得失落與悲慘。……三名男子似乎全都喝醉了，偶爾會對著直子的方向竊竊私語。

「很漂亮耶。」

「你說她有小孩了嗎？」

「還像個青春少女啊，老公呢？哦哦……聽說被共產黨害死了嗎？」

「已經是寡婦了嗎？還真可憐。」

男子們壓低了聲音，偶爾他們的話題會像洪水一般突然湧現。

阿粒的嘴角擠出低級的皺紋，與阿操擺出笑臉。……他們下流的話，化為箭矢，直接射向直子的胸口。直子突然覺得胸前一熱，坐立難安，迅速地推開門，衝進下著雪的屋外。

「直子小姐！等一下！直子小姐！」

千子緊追在直子身後，也跑到屋外，一時哄堂大笑，卻又像煙火一般，旋即消逝，安靜無比。安靜下來之後，眾人都覺得有幾分尷尬，阿操開起一些幼稚的玩笑，打起圓場。

「阿粒這個女人啊，心地真不好，受不了耶，怎麼說那種話……怎麼那麼壞心啊。……只不過是因為牧先生被小直搶走，就做出這種下流的事情……，她很清楚不該這麼做啊。」

百合子跟里美忍不住面向阿粒。

「唉……真受不了耶，大家都是同病相憐的女人，何必這麼倔強、逞強呢？」

「牧先生從事什麼職業呢？」
「哦，是T大學的老師哦。」
「是個很爽朗的人呢。」
「之前不應該追阿粒的……」
不知不覺中，百合子的無名指又戴上那只蛋白石戒指了。每回撥動臉頰與秀髮時，蛋白石都會發出淡淡的光芒。
屋外的雪像是盡情痛哭過後，積得很深，天空已經放晴了。只有馬路上的雪清得非常乾淨，十分好走。千子陪在直子身旁，兩人總覺得永遠走不出悲傷的情緒。
「她真的很瞧不起人耶，都是因為妳太溫順啦，那個時候，妳也說點什麼就好了……」
直子的身體因憤怒與悲傷，不停顫抖著。
「我本來以為過了今晚就沒事了……」
「唉，妳可別這麼說哦。大家都站在她那邊……炫耀自己曾經吃過不少苦，這就是沒吃過苦的證據哦，她像個壞心眼的妓女似的，妳就打起精神吧，加油……」

走過轉角，來到一條昏暗的小路，路旁有攤販，還掛著算命的燈籠。也許是雪已經停了，兩人還能忍受寒冷的溫度，肩膀一帶卻有點刺痛。因此，兩人也沒穿外套，踩著緩慢的步伐，打算漫無目的地前進。總覺得對一切都提不起勁來。

「直子小姐，我想去算命。等我一下。」

燈籠上寫著「問事解惑」。……千子在那只「問事解惑」的燈籠旁，伸出了手掌，說：「我老公生病了，還有一個七歲的孩子。」開始說了起來。直子冷汗直冒，望著千子蒼白又粗糙的手掌。

那是一隻粗糙的手，個性卻溫柔又坦率。算命師那沒有牙齒的雙唇，宛如束口帶似的閉著，

「這是一個與親人緣淺，在他鄉辛勞的手相……」

置於千子手心前方的放大鏡，被雪沾濕了，一片灰濛濛。

「請問我離開孩子，是不是比較好？」

「首先，今年內最好不要跟孩子分開……可能有病災。」

「我可以繼續從事目前的工作嗎？」

「不好，不宜久留。」

「這樣啊……」

「旁邊那位女士似乎有嚴重的血光之災，……要不要幫妳看看呢？」

直子突然跳了起來，像狗一般，躲到烤雞肉串的攤販旁邊去了。

5

車子在京濱國道奔馳。

降雪過後的晴朗、溫暖的傍晚，一股潮水味撲鼻而來。……那股潮水味就能讓直子感到心滿意足，打從剛才起，她就閉著眼睛。

「直子小姐，妳在想什麼？」

「我嗎？只是突然想起小時候。」

「直子小姐小時候是什麼樣的孩子呢？」

「當時的我，想要過著更好的生活、更清純美好的日子。」

「這樣啊……現在不清純美好嗎？」

「有時候，我會覺得生活骯髒污穢啊。而且還有想死的念頭……」

「別說傻話了，我們一定要認真面對我們的未來。」

看得見大海了。兩人都陷入沉默。不過，沉默的時候，兩人都會感到一股被催促的心情。

他們兩人深愛著對方，悲慘的是，雙方都惦記著自己的家庭。……直子想起那間看不見院子，三張榻榻米大的屋子，屋裡有獨自堆積木的小孩，還有視力不佳的母親。

「已經五歲了嗎？我會把他帶回鄉下，想辦法扶養他長大，妳要是能找到好的對象，儘管嫁吧。」

母親熱衷照顧孫子的話，依然留在她的心上。不過，她如此深愛的愛人，竟是個有妻之夫。還有兩個孩子。

此外，男子則想起長久以來的家庭習性，覺得十分害怕。

「早安。」

他總是與兩個孩子一起洗臉，一起在餐桌前吃飯，

「再見。」

妻子的話像時鐘一般，幾年來不曾失誤過。過著自制、清純的生活，心裡卻括起一場大風暴，他也不明究理。

學生時代的回憶、數年的旅外生活，他全都過著對妻子問心無愧的生活，不過，如今，他卻愛著這名餐館的女服務生，更甚於自己的生命。

曾幾何時，妻子來到自己身旁，假裝對孩子說：

「孩子們，爸爸溫暖的肌膚已經冰冷到我無法靠近了呢。」

男子偶爾會心痛難耐，抬起頭來。

「請好好照顧直子小姐。」

「好的。」

臉頰上的淚水十分冰冷。他們雙方早已熟悉家裡的事。

「我打算辭掉店裡的工作。」

「這樣也好……我會負責直子小姐的生活費。」

「我不是在說這個，我還有母親與小孩，不管發生什麼事，都要工作……只不過我現在沒辦法繼續在那家店工作了。」

那是一股難以言喻的緊迫情緒。車子停在冰雪已經消融，宛如公園的防波堤前。停泊在港口的船隻，船上的小旗子伴隨著浪潮聲，被風吹得啪噠啪噠響。帶著小狗的金髮少女，倚在白色的長椅上唱歌，黑人男子則呆呆站在原地。

「如果能這樣，兩個人一起出國，該有多好。」

「在這片大海的另一頭，還有各種美麗的國家吧，一個人也能去那些地方嗎？……我這輩子，大概都會像現在這樣吧……」

6

天空遼闊、晴朗。

廣告飛機飛在融雪的銀座馬路，灑著氣球。

在里拉餐館前方，漆成紅色的公共電話，有一名男子一直在打電話，儘管他打了很久，電話一直無法接通，男子粗魯地踹開大門，走進尚未營業的里拉綠色玻璃的深處。現在才三點，店裡只有阿操與百合子，兩人看著報紙。

「好早，岡田先生有什麼事呢？」

「什麼怎麼了，事情不好啦，直小姐昨夜離開這裡了吧？」

「沒有，她昨天公休哦。怎麼了？……大概是跟牧先生出門去了。我沒說錯吧？」

阿操跟百合子皺著眉頭，似乎十分擔心。

「今天早上，牧的太太打電話來。說是先生昨天晚上沒有回家哦。這可是第一次，所以太太也很驚訝。」

「真的嗎！希望他不會去做傻事。」

「應該沒事吧。」

「對啊，……他們一起出門玩了，如果他們是輕浮的人，倒是沒什麼好擔心的……他前天晚上有打來嗎？」

「有打來哦……我也是聽阿粒小姐說的，牧先生打給直小姐的電話，碰巧是阿粒小姐接的，所以她真的很氣，才會發了那一頓脾氣，最後整個人醉到躺平了……真討厭。」

「前天晚上啊，阿粒那傢伙又像往常那般，把氣都出在直小姐身上了……而且這次實在是很過分耶。話說回來，岡田先生也拿直子小姐沒辦法吧。」

「說什麼傻話呢……不過，我不討厭她。話說回來，他們兩個在一起的話，雙方都是很認真的人，所以我很擔心啊。」

「真的……」

儘管三人嘴巴上說著擔心之類的話，三人卻認為他們兩人就這樣遠走高飛的話，有人覺得可憐，有人覺得有趣，各自抱著不同的想法。……這時，穿著鄉下暴發戶那種蓬鬆柔軟的貂皮大衣外套，臉色蒼白的阿粒走了進來。

「外面好溫暖。」

「宿醉還好嗎？」

「你在說什麼時候的宿醉啊？我每天都喝醉酒，所以不知道你說的是哪一天啦。」

阿粒才剛站好腳步，脫下大衣、手套，眼神呆滯著地站在鏡子前。

「唉，這張臉愈來愈苛薄了呢。談什麼半調子的戀愛，好辛苦哦，岡田先生，這陣子，我精疲力盡，快要累死了……」

阿粒本來就比百合子、里美更好強、性情更惡劣，聽到她出乎意料的溫柔話語，讓岡田疑惑地嚇了一大跳。不過這份驚訝也讓當場的氣氛變得多愁善感，醞釀出寂寥的情緒。

「半調子的戀愛好辛苦，說得一點都不錯，比大地震還要可怕呢。」

里美正好站在留聲機前，放上唱片。

宛如彩雲飛逝
今夜的你
毫不猶豫
放手吧……

這是阿粒痛恨的歌，不過完全符合現在的氣氛，嘰嘰嘰……唱片開始轉動。

「所以只能靜待時間流逝了。」

里美像是想起什麼似的說著，阿粒在鏡子裡微笑，「不這麼做怎麼撐得過去呢？」她宛如少女一般坦率。……「這並不是誰的錯，全都是命運的安排。」說著，百合子走到里美身旁，點燃一支香氣怡人的MUSE中國菸。

7

雖然不知道將來會如何，總之我還活著。本來想跟你見上一面，可惜沒能如願。我很害怕日子就這樣過了……請多保重。白雪消融的日子，千子接到直子的來信。兩人都有孩子，境遇相似，同樣都有生病的老公，於是千子成了直子無話不談的對象。千子還是老樣子，直子離開之後，她經常陷入沉思。

這陣子，里拉餐館的阿粒安靜多了，同時，氣氛也憂鬱多了。

今天，女子的唇邊一樣流洩出麻雀舞之歌，大嗓門的阿操在里美和百合子身旁尖叫。

「明明有這麼多女服務生，以後到底會怎麼樣？……昨天夜裡，我終於跟那個男的去大森了哦，好不好笑？我也沒辦法嘛……」

百合子瞪大了雙眼。

里美原本用冰涼的賽璐珞梳子梳理百合子的短髮，也停下手邊的動作。

「我已經不想活了。只要有人陪我，好想去死哦。」

儘管如此，夜晚的里拉餐館裡，還是有一群熱鬧的女子們，包廂裡還是不時傳來高談闊論。

「那個男人來的時候，XXXXX一定會來，整個晚上都在欺負我哦。我不如乾脆去婚友社當員工算了。」

阿操的圓眼睛滴溜溜地轉個不停，抓住里美，怎麼也不肯放手。她外表看來歷經風霜，聰明老練，幾乎到了難以逼近的程度，也許她是個本性懦弱的人吧。

所有人都是脆弱的，卻又為自己築起高牆。從那道牆裡，像隻狗一樣虛張聲勢，不由分說地瘋狂吠叫，一旦沒了那道牆，每個人都擁有一座天真又美麗的花園吧。

店裡又多了十張爵士唱片，同時，也多了小櫻跟澄子這兩個新人。

小櫻已經是第三次從事這份工作，澄子似乎是第一次，還是一個適合兒童和服的美麗少女。里拉餐館裡，只要換了新的女服務生，客群也會跟著完全改變，這陣子，里拉的百葉窗還會傳出學生在唱校歌。

「百合子小姐，快把戒指賣掉嘛，然後我們兩個去日光玩一天吧？」

最近，里美總是穿著一身黑衣，她冷淡地看著百合子的蛋白石，每次都會逼迫百合子。百合子依然是老樣子，「我也很想趕快金盆洗手，辭掉這裡的工作呢。……現在到底能收到多少小費呢？簡直就像是為了和服在工作嘛。」

「在這裡工作也是不得已啊。」

「話說回來，這兩、三天趕快把戒掉指賣掉嘛，用那筆錢去日光吧，我想去那個男人生活的地方看一看，妳陪我去嘛。」

「唉，妳還沒放下啊……」

「沒錯，我可是用生命在愛他啊，我跟阿粒小姐一樣，不會輕易找到下一個情人，也不會像阿操那樣，自我放逐，去大森修行也很可惜啊……」

「大森修行嗎？妳說得真好，不然我去大森修行吧，妳會不會瞧不起我……？」

「傻瓜！妳要是去大森修行的話，我會崇拜妳！」

澄子在學生的圍繞之下唱著歌。她顯得如魚得水，看在里美與百合子眼裡，則更寂寞了。

8

「媽媽，我還要再睡幾覺，妳才要讓我學風琴？」

「我想想，再睡三個晚上，我們就去找風琴老師吧。」

「這樣啊……奶奶騙人，她上次跟我說風琴老師全都死光了。」

「因為阿龍太努力撒嬌了嘛，放學回家要乖乖聽話，這樣我就帶你去找風琴老師。」

孩子跟千子相似，嘴唇也有一顆可愛的痣。

她牽著小孩戴著護腕的手，來到郊外的車站，

「我該走了，送媽媽離開之後，你要小心火車，直接回家哦。我下次會帶禮物回來。」

「嗯……」

「怎麼啦？怎麼在發呆呢？阿龍！」
「沒事啦，爸爸會寂寞，所以妳要早點回來哦。」
「阿龍真是個傻孩子，呵呵……你不寂寞嗎……？」
千子高興得快要爆炸了。她心想，不管現在的生活多麼卑賤，她都得忍耐才行。
「別亂想哦，對妳來說，我是個麻煩人物吧？」
「真見外。等到你會工作了，我要窩在長火盆旁邊，盡情使喚你哦，我現在就要好好準備啦……」

如今，兩人笑中帶淚，以這些芝麻小事彼此安慰。

電車裡，有許多跟自己的孩子差不多大的小孩，他們像麻雀一般吱吱喳喳。想到孩子像父親，都喜歡音樂，苦苦哀求讓他學風琴的可愛模樣，千子心想，不管要她做什麼，都要讓孩子學風琴。……可是，她又仔細思量，理想的生活永遠都在遙遠天空的另一頭。如果沒做好周詳的計劃，女服務生的生活，如今也不能算是收入豐厚的工作了。

話說回來，她也不像直子那般年輕，可以拋棄母親與孩子。……千子在搖搖晃晃的電車裡，一直心不在焉地想著，她想的並不是豪華的宅邸，也不是華麗的和服。她一心想著讓孩子帶著一點點的風琴學費，那是比詩歌還要昂貴的，卻也是容易達成的，惹人憐愛的幻想吧。

街上猶如玻璃一般冰冷，不過馬路上依然熙來攘往。枯萎的銀座柳樹也別具一番風情，帶著春天的氣息。再過三、四個月，那棵柳樹也會萌發綠芽吧。千子包袱裡那些零碎小工具的聲響，讓她感到心裡一片冰冷，同時，她也是街上最期待春季到來的人。

「這不是千子小姐嗎……？」

「啊，直子小姐，怎麼了……最近還好嗎？」

在公共電話的陰影處，千子抓住穿著中國織品黑色外套的直子的手，像孩子般氣喘吁吁。

「不好意思，讓妳擔心了。」

「那種事無所謂啦，不過岡田先生來過一回哦，還有，妳那封模模糊糊的信，要我怎麼找到妳呢？」

兩人明明才分開四、五天，卻不知道該說什麼，那也想說，這也想說，有太多想說的話了。……不過，千子脫口而出的卻只有……

「看到妳活得好好的，真是太好了。」

9

兩人抱著焦急的心情，走進松坂屋。對於現在的兩人來說，在這種吵鬧的地方，反而能放鬆心情聊天。

「我現在也不知道該怎麼辦才好，……想到母親跟孩子，就覺得好揪心，人啊，也是有無可奈何的情況啊……」

「妳在說什麼呢？無可奈何的情況，幾乎都是自己造成的……妳想想孩子、母親的事，說不定能想到什麼好辦法。」

「這樣嗎……」

「沒錯，妳還好嗎？千萬不可以示弱哦，……牧先生也是，妳應該知道他是一個有老婆、有小孩的人吧？」

「是的。」

她們心裡明明想著更多的話題，到了該說話的時刻，兩個人也只是沿著比中心更遠的線繞圈子。

「阿粒小姐還好嗎？」

將熱茶一飲而盡之後，直子抱著大徹大悟的心情，提起另一件事。

「她還是老樣子……她說最近找到金主，要去滿州……。妳應該不知道，店裡又來了兩個新人吧。一個是新人，不過最近也熟悉那種氣息了，一點也不害燥，能大聲唱歌、喝酒了。」

「這樣啊……里美小姐她們呢？」

「唉，今天又叫百合子小姐陪她去廣島，……她們都是老樣子啦。沒有小孩跟老公，跟我比起來，她們輕鬆多了，不用那麼拼命。」

「真是的，不過，里美小姐很特別呢，看起來呆呆的，很無聊的樣子，卻又很穩重，姑且不論我自己的事，我很喜歡那種不被酒店氣息玷污的人哦。」

「最近啊，就連阿粒小姐跟阿操小姐都一樣，她們都很懦弱，變得好相處多了，不過，阿操小姐的大森修行好煩人呢，那也是沒辦法的事，她老公去市谷從軍啦，難怪她這麼喪志。」

兩個人在走廊上邊走邊聊。買了琴的千金小姐反覆撥動琴弦，跟看似母親的人談笑。

直子低垂著視線，想起故鄉的事。在柿子果實轉紅的兒時回憶，她經常彈著「黑髮」這首曲子，……如今，聽著路邊偶然傳來的琴聲，讓她再也無法壓抑。她的心裡傳來奇妙的美好音色，讓她萌生一股念頭，跟牧這樣下去吧，最後一死了之也無所謂。

「無論如何，活著都好累啊。」

「直子小姐！妳還是貨真價實的千金小姐啊，最近，我一直在跟人生比賽哦，……讓孩子學風琴是我的理想……，甚至覺得讓他學風琴，是我一生的職志，最近，我開始覺得活著很有趣了。」

10

宛如彩雲飛逝
今夜的你
毫不猶豫
放手吧……

里拉餐館的女子們，再次不厭其煩地唱起這首歌。

阿粒也許沒辦法喝那麼多酒了吧，每天總是恍恍惚惚地抽著菸，唱著歌。

里美一如往常，以無法捉摸的神色獰笑，播放唱片。百合子還是老樣子，老是訂做一些美麗的和服，讓阿操她們嫉妒。

在一個久未下雪的晴朗日子的傍晚，有人推開靜靜播放唱片的里拉大門，「喂！大事不好啦！你們看！」

千子首當其衝地站起來。岡田以顫抖的雙手，在桃花心木的桌子上攤開報紙。

……**牧法學博士與一女服務生殉情**。

地點在直子的故鄉京都，不過報導尚未寫出詳情。

「她是以前店裡的人吧……真可怕。」

已經有女服務生風範的澄子，從岡田的肩頭窺視，看著牧博士的照片。

小櫻、阿操、里美、百合子，都一臉陰沉，相較之下，受到最大打擊的，應該是千子與粒子吧。

「她終於下手了！」

粒子像是想到什麼似的，在嘰嘰嘰地空轉之後，惹人憐愛又安靜地播放起「宛如彩雲飛逝，今夜的你」那張唱片。

淪落

我的伙伴們也在舞廳之中，過著被男人們欺騙，或欺騙著男人的日子，不過女人通常是被騙的一方，這裡其實有很多純情又大方的女人。

我沒告訴家裡的人就來到東京。戰爭結束後不久，來到我們村子疏開的東京人們急急忙忙地回東京去了。他們明明說了要一輩子住在鄉下，戰爭結束之後，本田先生、山路先生全都回東京了。我想，東京真的是那麼好的地方嗎？好想去東京看看。姊姊一直住在大阪的人家幫傭，戰爭開始之後就回來幫忙家務了。兩個哥哥都上戰場了，不過他們都在國內，戰爭結束的同時就回來了，在家裡無所事事。姊姊說，我們一定要找個地方工作才行。大哥也說，我們家沒有什麼田地，家裡又有這麼多張嘴要吃飯，日子總有一天會過不下去。我們家有六個兄弟姊妹，我底下還有三個弟妹，「每天三餐就讓人頭痛。」成了父親掛在嘴邊的口頭禪。我下定決心，請熟識的站員幫我買了前往東京的車票。瞞著母親在背包裡塞了十天份的食物，於是我在去年十月，搭乘夜班車，獨自來到東京。「來東京一定要來我們家哦，請讓我回報妳吧。」還記得山路先生的太太每次來我們家買白米跟蔬菜的時候，總會說這句話，所以當我抵達東京之後，我到處打聽，前往山路先生家。山路先生有一座工廠，聽說在熱海這個地方也有別墅，本來以為他家非常大，沒想到卻是一間小房子。太太也嚇了一跳，一直看著我。當我說我離家出走的時候，太太也露出困擾的表情，「東京現在十分缺乏食物哦。首先，我們家也燒掉了，現在只能借住在別人的房子裡。」我打算在他們家借住兩天，立刻去找工作。東京大部分都燒掉了。燒得十分驚人，我真的覺得很可憐。山路先生的太太一直向我抱怨鄉下的事，說鄉下全都是壞人，所以我很生氣。在鄉下的時候，明明那麼有禮貌，來到東京之後，好像變了一個人似的，還一直說想要找回在鄉下弄丟的衣服跟手錶。我也從太太那裡收到兩件小姐穿過的和服，因為她太會抱怨了，都想還給她了。我覺得山路先生家都不是好人。太太、先生的母親、兩個就讀女子大學的小姐。她們全都若無其事的模樣，睡覺的時候，卻給我最髒、最破的棉被。我只在山路先生家住了一晚，就去上野車站了。我在那裡認識小山。當我在上野車站的搭車口發呆的時候，有個男人向我搭話，問我要去哪裡。我告訴他我想在東京找工作，本來想投靠朋友，沒想到受到冰冷的對待，所以打算回鄉下，可是我沒辦法買車票，正愁不知如何是好，那男人說，妳想在東京工作的話，我一定能幫妳找到工作，來我租的地方吧。我已經走投無路了，所以我想投靠任何人都差不多，於是跟著男人回家了。男人住在一個叫做浦和公寓的地方。在一間非常破爛的公寓二樓，四張半榻榻米大小的小房間裡，只有棉被跟煮飯的工具。榻榻米的草芯都露出來了，窗邊鋪著沒收拾的被褥。小山在神田的小製藥公司上班。年約四十上下。不可思議的是，他很有錢。

他說他太太在空襲死掉了，現在一個人生活。當天夜裡，我跟小山蓋著同一張薄被子睡覺。小山對我做了各種事，剛開始，我嚇了一跳，怕得不知道該怎麼辦，一想到要回鄉下，只好忍耐了。小山說他本以為我已經年滿二十歲了。我說我才十八歲，他說鄉下女人看起來比較老。我不是很在乎。現在想起來，因為我走投無路了，遇到對我這麼親切的人，我覺得很幸運。小山非常疼我。我也逐漸喜歡上小山。小山下班後，我們會一起去看電影。不久，寒冷的冬季來臨，我沒什麼衣服，所以我跟小山討論，要不要回鄉下拿衣服，小山不准我回鄉下，不知道打哪裡弄來了適合我的西服跟外套。我自己上街，到美容院燙了頭髮。小山說我有一副西方人的臉蛋，現在簡直就像西方人了。他說當舞者應該很流行吧。所以我想當個舞者。

我買了報紙，找舞者的廣告，心想跟小山討論的話，小山一定會反對吧，所以我自己跑去報名了。那是一個招募日本人的舞廳，初學者要上兩週的課程。我白天去上課。我在那裡認識樂師栗山。栗山還很年輕，才剛退伍，是一個心地善良的男人。跟栗山說話的時候，我的心情總是很好。栗山用配給的餐券吃飯，他說偶爾也想吃吃家庭的口味，有一天，我帶栗山回到浦和的公寓。小山從黑市買了米，所以我煮了飯，煎了沙丁魚，煮了味噌燉肉給栗山吃。跟他說了我從鄉下出來，一直到與小山生活的經過，栗山露出吃驚的表情，說：「沒想到妳是那麼笨的女人耶，本來以為妳很伶俐，又很聰明，這一定是神明開的玩笑吧。妳小看了這個世界，這種生活太危險了。」不過，在這樣的時局之下，我也在東京生活了好幾個月，有很多跟我差不多的女人。我送栗山去車站，我在車站碰到扛著大包袱的小山。栗山慌忙離開了。我回到公寓之後，被小山狠狠罵了一頓，他還抓著我的頭髮，對我拳打腳踢，被他教訓了一番。小山對我做出這種事，我突然覺得他很討厭，覺得寒毛直豎。我想要離開，才抓過外套，又被小山推倒在地，踢了我的肚子兩、三下。我覺得好痛，好像背都裂開了。小山把我拉到床上，用剪刀把我燙過的頭髮亂剪一通。我的肚子很痛，一直閉著眼睛。……全身疼痛，兩、三天都無法動彈。一照鏡子，看到我比一般人還長的睫毛，我很高興。我的顴骨高了一點，嘴唇豐滿，塗上口紅之後，看起來像個外國人。又白又大的門牙，比一般人大的乳房，我一直覺得自己比其他那些上舞廳的女人好看一點。舞蹈老師看到我的腿，也誇我的腿很漂亮。在報名的女人裡，我的身高算高。我忘不了舞廳華美的景象。待在這麼髒的公寓、跟著上了年紀的男人，在髒兮兮的棉被裡，枕著同一顆枕頭睡覺，我開始厭惡起這些事。栗山說我是在神明惡作劇之下打造的女人，不過，我再也不想待在這種地方了。我每次思考複雜的事情時，就會全身癢得不得了。我討厭思考。我決定暫時離開出走。我知道平常在車站前賣關東煮的阿姨住在哪裡，所以我去她家。阿姨有兩個小孩，住在車庫後方。我經常去吃關東煮，也算熟識，阿姨爽快地收留我。這就是所謂的人間處處有溫情吧，我從她家去舞廳上班。當時，栗山去了別的舞廳。我去那裡找他。栗山說：「要求妳做這種事可能很勉強吧，我是一個自私又潔癖的人，所以沒辦法跟妳在一起。」栗山這個男人只知道追求像夢想一樣的事。聽到他說不想跟我在一起，我的心裡反而鼓起勇氣。後來兩個月，我都沒跟栗山見面。儘管我跟栗山之間什麼都沒發生過，不過我一直惦記著他。我一直沒跟小山見面。也不想跟他見面。有兩、三次，我跟不同的男人去鄉下的旅館過夜，這陣子，我經常覺得自己已經變成壞女人，似乎有股寒風吹進自己的胸口。阿姨也說我這陣子像變了個人似的。我們住在六張榻榻米大，只隔成兩間，又濕又暗的屋子，不過我很喜歡這個家。兩個孩子分別是十四歲的女兒跟十二歲的兒子，他們都很乖，都像好人家出身的孩子，講話文雅，又很孝順，讓我很驚訝。不管我多晚回家，阿姨都不會碎唸，把我當成她親生的孩子，我覺得這麼善良的人真是難得一見。

我在舞廳認識一個上班族。他完全不跳舞。都是跟別人一起來，老是在一旁發呆，看別人跳舞，有一天，偶然在八重洲口的車站前面遇見他，被他約去喝茶聊天。他說他之前去了爪哇島，最近才剛退伍，還沒開始上班。他說回家後發現太太跟別人跑了，房子也燒光了，現在跟朋友住在一起。在這個世上，已經沒有什麼有趣的事，也沒有什麼可悲的事了，他只打算靠著偶然的機緣活下去。雖然我聽不懂那麼難的事，對於被人生放棄的我來說，每天都像是痛苦的宿醉。我很寂寞，立刻喜歡上這個叫做關的人。關又瘦又高，臉色黝黑又發青。每次碰面時，他總是習慣問我：「最近好玩嗎？」所以，我每次都會說：「嗯，還算好玩吧。」到了夏天，我們一起去了伊豆的大仁溫泉。住在小型的旅館。關帶了威士忌。那是一家開在田裡，毫無特色的旅館，聽著蛙鳴聲，我們喝著威士忌，直到深夜。關一直在說想要去死。我則一直說活著比較有趣之類的話。當我們鑽進蚊帳後，關也許是喝得太醉，只顧著沉默哭泣。我覺很詭異。半夜，我獨自去泡了溫泉。在大仁過了一夜之後，我回到東京。後來又過了兩、三天，關自殺了。打從那時起，死神就一直跟在他身邊吧。我也難過了兩、三天，後來逐漸淡忘關的事了。我用桃子這個名字，換到其他舞廳。我珍惜著每一個日子，我一直忙著跳舞、忙著嬉戲，讓自己忙到沒辦法思考鄉下的事，還有自己的結局。我賺到錢就會立刻花光，跟過去一樣窮，不過，想要吃點什麼的時候，都會有不認識的人請客。

九月之後，我發現自己的身體不一樣了。我立刻想起關，不過我不想生小孩。跟阿姨聊過之後，阿姨說一定要把孩子生下來。她說等我有了孩子，即使是像我這樣的女人，應該也會認真思考自己的未來吧。我根本不想思考生小孩的事。我不間斷地在舞廳激烈地跳著舞。我覺得被我這種女人生下來的小孩很可憐。秋風刮起。在偶然之下，我在新宿的路上遇見小山。小山十分落魄。看來跟我分手之後，他沒過什麼好日子。我們聊了一下子，小山說：「我被妳害慘了。」還告訴我他被警察關了兩個月。

小山問我，要不要跟他重新來過，我說不要。過去的鄉下女孩已經完全改變了，現在已經是不知打哪來的千金小姐了，小山驚訝地看著我。他問我現在在做什麼，我說謊騙他我現在是電影女明星。我說，未來的一、兩年，我們可能會在電影院重逢吧，小山認真地哀求我：「我再也不會對妳動粗了，可以跟妳一起住嗎？」我在心裡瘋狂大笑。……我覺得男人這種生物，全都是弱者。我討厭懦弱的男人。小山問我要不要去喝個茶，我想到小山可能連喝茶的錢都沒有吧，便說我要去公司了，很快就跟他分手。我怎麼也無法喜歡上小山這樣的男人。走進新宿車站的月台，我發現身邊站著一名漂亮的女人。她穿著灰色西裝，提著一只褐色的大手提包，同樣的褐色鞋子，臉上脂粉未施，肌膚看來像是日常保養得宜，美麗又柔嫩，再加上大大的眼睛，閃閃動人。路過的男人們全都把注意力集中在美女身上，看到我的時候，則露出苦笑，快步經過，我覺得自己好像被人瞧不起了。……來到舞廳後，仔細瞧瞧我的同伴，找不到任何一個像我在新宿車站月台看到的那種美麗女子。她和我們不一樣，一定是大富翁的千金。我照著鏡子，覺得自己跟世上的正經女子似乎不太一樣。我們這群人，化妝愈來愈高調，愈來愈誇張了。眼周畫著眼線，嘴唇塗滿口紅。有些女孩這陣子買不到好用的面霜，甚至把食用油塗在背上跟大腿上，飄出難聞的天婦羅臭味。我穿著跟玻璃紙一樣薄的衣服，看起來也像那種以前會去鄉下表演的馬戲團女子。自從在月台見到那位美女之後，我覺得自己很髒，讓我感到很寂寞。脖子上戴著玻璃項鍊，手腕扣著鍍金的金色蛇形手鐲，穿著桃紅色，跟紙一樣薄的禮服。頭上綁著大大的水藍色緞帶，耳環是藍色玻璃珠，戒指是紅寶石。鞋子則是請同伴玫瑰幫忙，好不容易才入手的二手黑色皮革高跟鞋，有個男人說我是新年裝飾得漂漂亮亮的馬[1]，當時我還不懂什麼意思，後來得知涵義，我非常生氣。栗山經常說：「妳不化妝的時候好看多了。妳比較高大，化妝反而顯老。」我沒辦法不化濃妝。以前的舞廳經理都叫我小鸚鵡。

我的體力愈來愈差，最近連舞廳都不想去了。沒去舞廳上班的時候，我可以整天睡覺，完全不吃飯，阿姨很擔心，做飯給我吃，不過我一點胃口也沒有。最近我學會抽菸了。我心想，自己愈來愈像個壞女人了，不過我一點也沒有反省的意思。只要想事情，身體就會癢，所以我總是睡一整天，半夜無聊的時候，就一個人玩撲克牌。一個人占卜的時候，總覺得幸運總有一天會來臨。我甚至覺我可以幸福地結婚。在一個陽光普照的明亮房子裡，我生下可愛的嬰兒。雖然我想像著這種畫面，舞廳的音樂很快就傳進耳裡。我的伙伴們也在舞廳之中，過著被男人們欺騙，或欺騙著男人的日

譯註1　暗指女性虛有其表，沒有內涵。

子，不過女人通常是被騙的一方，這裡其實有很多純情又大方的女人。最近，舞廳來了一個喜歡我的人。我不知道他從事什麼工作，不過我覺得那個人裝模作樣，非常討厭他。他總是用藍色的手帕擦臉，總是用紅色的小梳子撫平頭髮，每次看到都一肚子火。舞廳常常可以看見那種在鄉下無法想像的奇怪男人。完全不知道他靠什麼維生。朋友們也都有各自喜歡的人或情人，從旁觀者的角度看來，女人們非常認真地愛著那些根本不怎麼樣的男人。分手之後，再次遇見不同的男人，再次分手，再次遇見不同的男人，過著茫然的日子。我們白天就像是樹蔭之下沒有光澤的雜草，到了夜裡，才會好不容易醒過來。甚至有些女人會在化妝室服用糖果般的荷爾蒙錠。在我們的包袱裡，只放著髒兮兮的襯裙，手縫內褲、縫到一半的上衣，看到一半，已經髒兮兮的小說或雜誌。手提包裡根本不可能有多少錢。新年裝飾得漂漂亮亮的馬，全都很窮。

最近，我偶爾會萌生回鄉下的念頭，不過我也只是想想而已，倒也沒有強烈想要回鄉下的念頭。我每個月都會給阿姨三百圓。阿姨一如往常地溫柔，每次都叫我不要逞強，叫我找一個正當的工作。我根本沒上過學，我想應該找不到什麼正經的工作。每個人都說大失業時代快要來臨了。……有一天，我睽違多時地去了銀座，當時栗山十分親切地說了這些話。「不管走到哪都是一樣的。像妳這樣的女人會愈來愈多，沒什麼大不了的。我偶爾會想起桃子的事，擔心妳現在不知道過得怎麼樣了。這陣子。我們雙方都是彼此彼此，不是很好吧。」我突然覺得百感交集。我們都不想去喝茶，所以沿著傍晚的街頭，走向丸之內的方向，再散步到宮城。附近已經是一片蟲鳴，讓人感到秋意深了。栗山說他加入一個小型樂團，一直在巡迴表演。收入不錯，不過栗山說他要照顧很多家人，這也是沒辦法的事。我說：「栗山先生，我想找個人結婚了。」結果栗山一本正經地說：「在這種時局，怎麼有辦法結婚呢？就算想結婚，也找不到理想的對象啊。」我跟他說我好像懷孕了，栗山說：「也好，無所謂了，妳就把孩子生下來吧。到時候再跟我聯絡吧。我會幫妳出一點錢。」在風的吹拂之下，我們走在宮城寬廣的馬路上。……在數寄屋橋道別的時候，栗山說：「再見。保持聯絡哦。」他給我一張簇新的名片跟兩張百元鈔票。栗山穿著新鞋子。收入應該還不錯吧，我想。

濕濡的蘆葦

在兩人之間橫著八年的歲月，看著老去的木山，藤子這才萌生無限的感慨。木山戴著眼鏡。只有聲音一如往昔，看著站在眼前的木山，藤子完全無法與從前的木山連結在一起。

1

詢問女服務生後，藤子得知這裡只提供早餐，讓她十分沮喪。孩子們也小心翼翼地打量四周。藤子心想應該有丼飯類的食物，於是詢問女服務生，要她送一點食物過來。

「這樣啊，我們可能只有蕎麥麵、親子丼之類的東西哦……」

「請給我一份親子丼，一碗烏龍麵吧。」

待女服務生下樓之後，藤子覺得很熱，拆下腰帶。打開紙拉門一看，栲樹那令人窒息的氣味撲鼻而來。

「好吃的飯很快就來了，你們再等一下。」

看到孩子們疲倦的臉龐，藤子想用冰涼的手帕幫他們擦臉，於是走到走廊找洗手間。走廊的盡頭有一扇窗戶，外面是電車大道熱鬧的霓虹燈。這座旅館有著西式的外型，才剛粉刷過油漆，沒想到走進來一看，裝潢已經十分破舊，甚至無法想像在這新宿的鬧街上，竟然有這麼老舊的旅館。

由於天色已經晚了，女服務生抱著棉被走上樓。藤子向那名女服務生詢問洗手間的位置，再沿著昏暗的樓梯下樓。在幽暗的沖水處，設置了三、四個洗手枱。藤子扭開似乎已經生鏽的水龍頭，在洗手枱裡盛接溫水。

想要活下去，可顧不得任何手段與方法，不過，想到兩個孩子，藤子總覺得現實無可奈何。她覺得她們親子三人彷彿好不容易才超越烈火逃生。把臉泡在溫水裡，她突然被鼻子深處的淚水刺痛，溫熱的液體不斷從眼睛裡冒出來。

蟋蟀微弱地叫著。

藤子只能深刻體會她挫敗的人生。她心想，明天要打電話給木山[1]，請他來旅館，接下來的事，則是又黑暗又可怕，在這一刻，她一心只想要逃離這樣的生活。

擰乾手帕，她回到房間一看，丼飯已經送來了，長男健吉打開親子飯的碗蓋，等著母親。妹妹千鶴子則在狹窄的蚊帳裡睡著了。

譯註1　原文作木谷，但參照後文的情節，應該是木山才對。

「啊，小千睡著啦？本來想讓她吃一點烏龍麵的……」

「我可以吃這個嗎？」

「好，你吃吧，……不過，先擦臉跟手再吃吧。」

藤子將濕濡的手帕貼到健吉臉上，健吉還拿著筷子，只把臉轉向藤子的方向。

「媽媽，我們要在這裡住多久？」

「住到明天哦。」

「明天就能回姬路了嗎？」

「嗯，我也不知道耶，該怎麼辦呢……」

「爸爸什麼時候會來？」

「來哪裡？」

「爸爸不是說他馬上會回來嗎？」

「你看你，別把飯吃得到處都是，……唉，好熱哦，今天晚上怎麼那麼悶啊……」

「好好吃哦，媽媽妳不吃嗎？」

「沒關係，你吃吧……」

藤子爬進白色的蚊帳裡，脫去和服的袖子，以濕毛帕在胸口與手臂用力擦拭。髒兮兮的蚊帳到處都有小洞。千鶴子的鼻頭積了很多汗，睡得很沉。

「媽媽，這裡是哪裡？」

「是哪裡很重要嗎？趕快吃飯。」

「我想喝水。」

「不行，這裡哪有水可以喝，你喝烏龍麵的湯吧。」

「湯很鹹欸……」

「茶喝完了嗎？」

「喝完了。」

藤子從蚊帳裡爬出來，下樓要白開水。在狹小的廚房要了開水，順便借了扇子，回到二樓，健吉一臉不高興地站在蚊帳外面，

「媽媽，我要穿什麼睡覺啦？」

藤子看著與先生十分相似的任性孩子的側臉，突然感到一股強烈的怒意，一言不發地，以粗魯的動作脫去健吉的運動服與褲子。

「只穿一條肚圍[2]嗎？」

「這樣就夠了。你不知道我們要在這種什麼都沒有的地方過夜嗎？早知道讓小健跟著爸爸了。……小健，你已經七歲了耶。這裡可不像家裡，什麼都有。」

健吉心不甘情不願地爬進蚊帳裡，用母親拿來的扇子啪噠啪噠地搧著赤裸的胸口。溫熱的風在蚊帳的邊緣掀起波濤。健吉好像突然發現什麼似的，躺在床上，朝著天花板搧。原本像一張網子，四角垂落的蚊帳，頂部被扇子搧動，像波浪一般舞動著。

健吉說著，雲啊來吧，天空來吧，天花板來吧，我要把你們全都吃掉，然後時快時慢地搧著扇子。

「趕快睡啦……」

藤子吃掉健吉剩下的親子丼。黑暗的天空中，不時可見探照燈的光線。宛如銀河般的青色光芒，在天鵝絨般暑熱難耐的黑暗天空的遠方交叉了。藤子也把烏龍麵全吃光了。

好不容易才熬過這幾天兵荒馬亂般的辛勞，連她自己也覺得不可思議。

2

至高無上的珍寶酒杯
每一回的喝乾再斟
此杯所飲之酒
全為啼哭之酒

譯註2 包覆肚子保暖的內衣。

從餐車的窗戶眺望飛逝的風景，廣太郎獨自喝著啤酒。沒喝醉的時候，他彷彿變成另一個人似的，個性寡默又溫順，三杯黃湯下肚之後，怎麼也靜不下來，總會唱起圖勒國王的飲酒歌。

廣太郎與藤子結婚八年了。

他們生下兩個孩子，月薪好不容易才達到一百二十元。這八年來，他們過著一成不變、平凡至極的生活。若說藤子對廣太郎有什麼不滿，大概是他愛喝酒這一點吧，不過他至今還不曾喝到讓一家人陷入困境的地步。

廣太郎在信託公司的不動產部門上班，每個月差不多有兩週的時間四處奔波。這八年來，他看過宅邸、山林、田地、人等等，早就對這份工作心生厭倦，廣太郎認為現在的自己處於鬆懈的狀態。明知道這種狀態不好，他的方向卻宛如水流，只能任憑水流向自己不想抗拒的方向。……就連家裡的和平氣氛都讓他覺得火大，廣太郎幾乎每天晚上都在便宜的酒店流連，一直喝到三更半夜。

他宛如失去了指引的方向，在深夜的街上尋找四處徬徨的自我，偶爾，他也會感到空虛、寂寞，當他自問現在的自己該做什麼時，卻又找不到什麼可以拯救自己的媒介。廣太郎甚至曾經考慮過乾脆辭去目前的工作，找另一份新的工作。

一輩子在別人的山林漫步，窺探別人的屋子，幫忙鑑價，這件事成為自己的人生主軸，讓他覺得十分難堪。好！我該幹點別的事！當他借助酒力，心想明天就辭去現在的工作，信心滿滿地回到家，又會受到妻子與孩子的邋遢牽引，繼續過著微不足道、毫無作為的歲月。

恰巧在這個時候，八重子出現在廣太郎的生命裡。……八重子是銀座巷子裡的酒店女服務生，她說自己二十三歲。她是千葉縣人，好像剛從鄉下進城，和服的品味、化妝的手法都有點俗氣，不過八重子非常乖巧溫順，陷入混亂狀態的廣太郎深深受到她的吸引。

八重子與弟弟兩人，借住在芝的三田小山町的二樓。弟弟白天在公司打雜，晚上再讀夜校。……他從未料到，自己的生活竟然會因為與八重子這段微不足道的戀情，再次炙熱燃燒，同時，廣太郎也經常認為自己猶如剛畢業的青年，全身都充滿了野心。當藤子看到老公突然神彩奕奕，身為妻子的敏銳第六感很快就發揮作用。雖然她沒有追根究底，不過廣太郎察覺得到她的悶悶不樂。

不安、不滿的夫妻狀態維持了半年左右，儘管廣太郎也覺得自己不夠成熟，最終還是離家出走，與八重子到郊外的飯店玩了兩、三天。

「我若將所有的周濟窮人，又捨己身叫人焚燒，卻沒有愛，仍然與我無益。」在八重子身邊，低聲吟誦哥林多前書的一節，讓廣太郎覺得無比幸福。女子深色的肌膚，宛如剛從海裡撈起來似的，帶點鹹味及新鮮感，搔動男子的熱情，讓他覺得就這樣深深潛到海底也無所謂。

直到離家出走後的第四天夜裡，廣太郎才疲憊地回到家。藤子默不作聲。孩子們也異常乖巧。一股潛藏著什麼的詭異和平，反而讓廣太郎再也無法忍受。

「我打算帶著孩子們回去姬路……」

第二天早上，藤子漫不經心地說起這件事。廣太郎正躺著看報紙，不過他的視線不曾離開報紙，一直沉默不語。

「男人可以毫不在乎地任性妄為，不過我實在太痛苦了，再也沒辦法忍受了……」

「不想忍耐的話，妳愛怎樣就怎樣啊。」

雖然心裡覺得她有點可憐，開口卻又說出這種傷人的話。於是藤子走進隔壁房間裡。……就這樣，廣太郎暫時向公司請假，回鄉下調度資金，打算一個人開創一番新事業。一輩子都在那家公司上班，自己到底能得到什麼樣的成功呢？隨著孩子成長，自己則衰老了，不久，就會老到一個什麼都幹不了的歲數了。藤子說，要是有錢喝酒，不如拿來買一間小房子，不過，講到小房子這幾個字，又讓廣太郎氣得不得了。

當天夜裡，廣太郎不再到公司上班，而是獨自一人悄悄搭上前往下關的火車。

3

「小健，你睡著了嗎？」

「還沒，怎麼了？」

「小健是男孩子，要是爸爸叫你跟著他，你會去爸爸那裡嗎？」

「不要！」

「可是，媽媽沒辦法同時養小健跟小千兩個人。」

「爸爸說他馬上就會回來！」

「爸爸已經不會再回來了。」

「為什麼？」

「你問我為什麼……我也不知道該怎麼說。」

健吉躺著翻身，轉向藤子的方向，隔著和服輕輕拍打母親的乳房。孩子的小手拍打著自己的乳房，讓藤子深切體會到孤獨的滋味。……她從鄉下的女子學校畢業之後，跟一般的女孩一樣，也抱著希望來到東京。來到東京後，藤子很快就在朋友的引介之下，成為中央郵便局的事務員。當兩年事務員的期間，她與寄住在朋友家裡的早稻田大學法學院的學生木山譜出戀曲，不過，也沒有特別的緣故，她很快就跟木山分手了，在朋友的介紹之下，與廣太郎平平凡凡地結婚了。

現在回想起來，簡直是再平凡不過的八年，藤子養育兩個孩子，直到今日，她甚至覺得一切既非幸運，也非不幸。

閉上眼睛，一直以來都不曾想起初戀木山的臉，又浮現眼前。

「媽媽，樹鶯是不是這麼大？」

「怎麼啦？小健還醒著嗎？」

「我問你哦，小健沒看過樹鶯吧？」

「你看過哦。牠會叫回回去，小健是不是記成烏鴉啦？……沒有那麼大的樹鶯啦……」

藤子突然睜開眼睛，將滾到蚊帳角落的千鶴子抱到自己身邊。千鶴子滿身大汗，抱在懷裡的時候，只覺得胸口一陣悸動，她好愛孩子們。一股彷彿擁有豐饒田地的美好心情，油然而生。

昨天先生拉著行李箱，大叫要去搭火車、要去搭火車的模樣，如今宛如消失到千里遠的地方，成了一片虛幻，藤子下定決心，不管發生什麼事，她都不會迷戀，也不打算跟廣太郎再次見面。

隔天早上，藤子在孩子的叫聲中醒來。

不管被帶到什麼地方，孩子們只要能待在母親身旁，都能快樂地把各種事物唱成歌。

健吉與千鶴子躺在一起，唱著「牛奶快來，點心快來，果醬麵包快來」。

「唉，小健肚子餓了嗎？」

「嗯，小千肚子也好餓。」

「小千在唱會飽的歌嗎？」

四歲的千鶴子跨過健吉，撲向藤子的懷裡。孩子彈力十足的柔軟重量，對藤子來說，是幸福的力量，也是謙遜的來源。

洗好臉，先用過早餐，藤子靠著三年前木山寄來的賀年卡，從旅館打電話到木山的公司。

「喂，請問木山先生在嗎？……哦，他兩、三個月前就因為健康欠佳，請假沒去上班嗎？」

對於如夢似幻般遠去的木山，藤子認為現在打電話給他的自己，十分可笑，不過她也只能苦笑著，硬著頭皮詢問木山的租屋處。

聽說木山罹患胸部的疾病，目前在千葉的稻毛海岸療養。對方也告訴她旅館的名字，接近正午的時候，藤子提著要給木山的小禮物，帶著兩個孩子前往兩國車站。

她抱著前途茫茫的心情，任憑雙腳往前進，毫無自己的意志可言。

4

木山待在一家叫做海風館的旅館。穿越松樹林，在砂地的丘陵上，有一座彷彿明治時代的遺留物，鑲嵌著彩色玻璃防雨窗的舊式旅館，那就是木山所在的住處。

木山吃驚地迎接藤子一行人。

「妳竟然找得到這裡……」

和青年時期相比，木山瘦了一大圈，不過一點也不像病人。在兩人之間橫著八年的歲月，看著老去的木山，藤子這才萌生無限的感慨。木山戴著眼鏡。只有聲音一如往昔，看著站在眼前的木山，藤子完全無法與從前的木山連結在一起。

以木山的角度來說，他肯定也會懷疑自己是否是當年的藤子。孩子們這輩子第一次看到大海，於是緊緊抓著藤子的衣袖。走到二樓可以眺望大海的木山的房間，兩個孩子都在到處都是砂子的二樓走廊趴伏前進。

「這是他們第一次看到大海，再加上他們從來沒住過二樓的房子，所以怕得只能用爬的……」

藤子平靜地辯解。

那是一個豔陽高照在砂地上的酷熱日子，海面吹來清涼的風。每回刮起陣風之時，松樹林間的樹梢都會發出沙沙沙，宛如下雨的聲響。

「這裡非常涼快呢，……您的身體還好嗎？」

「身體已經好得差不多了，不過我愛上這裡了，不想回去東京，正在煩惱呢。」

木山身後的壁龕上，以古典風格的字體，掛著一幅寫著「入佛法海，信為根本，渡生死河，戒為船筏」的掛畫。「渡生死河……」這句話，又讓昨夜新宿旅館的回憶，再度湧現於藤子的心頭。

看到孩子們熟睡的模樣，她曾經思考，要不要乾脆跟孩子們在這裡自殺算了。……不知不覺中，孩子們似乎已經習慣二樓與大海的風景，已經在旅館寬敞的樓梯上上下下，玩得不亦樂乎。

「藤子小姐也變了呢……」

「是的，都過了八年，女人多多少少都會改變啊。」

看在木山眼裡，藤子心想，自己一定變成又老又疲倦的女人了吧，她覺得木山十分耀眼。

木山倒著溫熱的茶水，傾聽藤子的遭遇。

「即使在結婚生活中，男人只要對自己的職業感到厭煩，也只能舉雙手投降吧。

木山先生也會這樣嗎？」

「嗯。到了某個年紀，一定會有前途一片黑暗的感覺吧。女性大概沒辦法了解吧。……過了三十歲，男人應該會覺得工作愈來愈有趣。對於工作產生不滿與懷疑，同樣也是我們這個年紀哦。我認為妳所說的並不是對工作感到厭煩，而是出於對工作的欲望，產生的倦怠感。雖然他在外面有女人，不過我認為那不會維持太久。我不認為他會完全遺忘妳跟孩子們，自己離開。」

「這樣嗎……不過，我認為不管發生什麼事，我都不可能再像過去那樣，回到家裡了。該說是潔癖嗎？總之，我受夠了，再也不想過以前那種生活了……」

「孩子要怎麼辦？」

「我想孩子只能由我來扶養了。雖然我考慮過讓哥哥回到父親身邊，到了該下定決心的時候，我又捨不得放手……」

「那麼，日子要怎麼過呢？」

「是的，因為現在是這種情況，我也在想該怎麼辦。我已經二十八了，而且還帶著小孩，不可能輕易找到好工作，我還想過要不要帶著孩子一起自殺。」

「太危險了。……不如，妳在這裡待個四、五天吧。妳好好考慮吧。想死隨時都能死。直到最後一刻的到來，妳都得充滿活力才行啊。」

藤子比少女時期多了份穩重，再加上日漸豐滿的胸部與腰部，似乎觸動了木山的心。這陣子，藤子只覺得了無生趣，為了發洩怨氣，她開始抽菸，她從衣袖裡掏出「朝日」[3]，叼起一根菸。

她以雙唇叼香菸的手勢十分自然，脂粉不施的白皙肌膚也乾淨俐落。木山認為和這個女人共處四、五天，應該不會是一件不愉快之事，說：

「妳就待在這裡，好好放鬆吧，我很喜歡小孩，熱鬧點也好。」

「好的，謝謝……對了，後來木山先生結婚了嗎？」

「我嗎？算是結了，也可以說沒有結吧。……現在是孤家寡人哦。」

譯註3　一九〇四—一九七六年間的香菸品牌。

5

廣太郎回到自己的故鄉姬路，過了四、五天到親戚家喝酒的日子。不過沒有任何人能夠幫他出一筆資金。

「我才想跟你商量呢……別說是一千圓了，我連一百圓都沒有。」

么弟經營小型的木材供應商，這陣子，建築業也不是很景氣，收入幾乎都是掛鴨蛋。廣太郎無所事事地在鄉下待了十天左右，他那宛如夢想的天真想法果真行不通。他本來規劃著，要是能籌到一萬圓，至少可以開一家小工廠，生產墨水，等到有些積蓄，再幫八重子開一家雅緻的咖啡廳。

親戚對於廣太郎突如其來地返鄉一事，感到不可思議，看到廣太郎沉迷飲酒，變了個人的模樣，讓每戶人家都心生戒備。……隨著日子經過，廣太郎也知道籌不到錢，而且朋友也不再像一開始那樣，覺得稀奇而招待他，他只能再三哀求祖母，帶著祖母的全部積蓄，隨性地回到東京。

那筆錢的金額甚至不到一百圓，儘管如此，他還是給孩子們買了禮物，回到東京。雖然他不想見到藤子，卻莫名想要見到孩子們。沒有什麼特別的原因，有股緩和的思緒，讓他一心只想著回家後抱抱孩子們。

他也想與八重子見面，不過，孩子們的順位卻擺在第一，這是廣太郎好幾年來都不曾有過的情緒。

原本他對平凡的家庭習以為常，毫無一絲波瀾的日常，將近兩週沒見到孩子，對廣太郎來說也算是稀奇的事。……廣太郎歸心似箭，好想趕快與孩子見面。儘管如此，廣太郎又不想老老實實地從東京車站直奔藤子身邊，出於任性，他特地從靜岡發了一通電報給八重子，告訴她抵達東京的時間。

東京下著雨。

火車以驚人的氣勢進入紅磚砌成的東京車站月台。廣太郎深戴著帽子，手持拐杖，從行李架取下伴手禮，悠悠地從窗戶探出頭，在月台上卻遍尋不著八重子的身影。

她應該不可能沒看到電報，說不定已經去店裡上班了，廣太郎抱著幾分失望的情緒，走在人潮已經稀疏的月台上。

這就是「唉，道路無形，亦或無垢與明確存在呢？」廣太郎厭惡地望著濺起白色水花，下個不停的雨，心裡吐出失落地嘆息。

思緒奔向四面八方，天色已逐漸昏暗。

從明天起，又要再度到公司上班，屈身於那個世界，心不甘情不願地工作了。調查別人的山林，評價別人宅邸裡的坪數，也許過著這種旺盛的人生，是我的命運吧。

回到瀧野川一看，雖然屋子上鎖了，家裡好像沒人在家。向房東借來鑰匙後，進屋一看，家裡一片凌亂。玩具箱上下顛倒，吊床還吊著。鄰居告訴他，屋子從很久以前就沒人在家了。

廣太郎將帽子與禮物扔進吊床裡，將放在廚房的兩瓶啤酒帶到起居室，馬上就開瓶，一個人大口大口地喝了起來。雖然酒是常溫，不甚美味，啤酒的滋味仍然勾起憂傷的情緒，即便廣太郎不願意，他都陷入感傷。

熱愛整理的藤子竟然會讓房間如此凌亂，也許是自己離開惹她生氣了，於是帶著孩子去了姬路吧。他很後悔自己回到姬路後，冷淡地沒向藤子的娘家打聽，事到如今也來不及了，廣太郎只能在雨中，去郵局發電報，回程請酒店送酒，才回到家中。潮濕的榻榻米散發著發霉的氣味，壁龕的百合花已經枯萎凋零，呈現生鏽的顏色。

隔天，藤子娘家捎來回覆的電報，說是藤子沒回娘家，但是暫時應該不會回東京，母子均安，請他放心。

廣太郎心想，藤子到底上哪去了。

雨從昨天起就下個不停。

廣太郎心想，一個帶著孩子，一點用處都沒有的女人，到底是能去哪裡超過兩星期以上。他甚至想，說不定會去自殺了，突然寒毛直豎。想死的話，至少把孩子留下啊！出於男性任性的思念，在廣太郎的心裡惡意地縈繞著。

然而，想到那個女人要是真的死了，說不定自己沒辦法繼續抱著這種心情，若無其事。

眼眶不由自主地熱了起來。沒能讓妻子留下幸福的回憶，讓他受到沉痛的苛責，十分無奈，想與孩子見面的心情，猶如火焰一般，整天都在眼前燃燒。

昨天夜裡，他穿著睡衣，把家裡整理好，今天一天早，廣太郎冒著雨，去了睽違多日的公司。

他之前請了病假，所以有同事關心他的病情，廣太郎則感到一股莫名的羞恥之情，最奇妙的是，原本覺得這份工作很無聊，如今卻湧現一股難以形容的全新活力。不可思議的是，廣太郎的座位上，竟然擺著一張比之前更高級的椅子。月薪也增加了一點。

廣太郎一屁股坐在舒適的皮椅子上，突然想起妻子憔悴的臉龐。雖然這只是小小的喜悅，他卻覺得藤子應該會是最開心的人。

過了兩、三天，廣太郎收到藤子的來信。

廣太郎

歡迎回來。姬路的老家通知我，你回家了。還好嗎？拜你之賜，我們也很好。請參考照片。

我打算在這裡待到秋天。

我再也沒有自信能回到過去的生活。對我這個不經世事的平凡妻子，你在出乎我意料的地方，為我點亮一盞好幾百燭光的燈。孩子們也說比較喜歡這裡。我久違地找回過去還在當女學生那種新鮮感。孩子由我來扶養吧。也許這麼說太不知天高地厚，孩子們早已習慣這裡的海邊生活，不想回東京了。請千萬保重身體。關於我的戶籍，你可以隨時遷出。你可以迎娶新的老婆，過著美好的生活。我已經不再像過去那像恨你了，我也會迎接即將來臨的嶄新生活。孩子們的衣服、我的東西，請你有空再幫我寄回姬路吧。願你一切平安。

藤子 敬上

來信中附著兩張小小的照片。在看得見水平線的海邊，藤子穿著西式泳裝，跟孩子們一起嬉戲，另一張則是藤子與健吉端坐在籐椅上的模樣，藤子展現年輕活力的照片，讓廣太郎留下深刻的印象。

照片裡的妻子宛如嫩芽突然發芽生長一般，猶如變了一個人似的，美麗動人，廣太郎感到一股驀然湧現的懷念，在黃昏的簷廊，一直盯著照片。

谷底的來信

惠真子小姐、瀧子小姐還有雅子小姐，大家的舞藝一定都進步了吧。我好像被大家拋下了，好寂寞哦。清晨的落葉松樹林是無人之境。請妳想像獨自與影子共舞的加壽子吧。

第一封信

百合江小姐

我覺得自己彷彿在搭乘登山列車。每回穿越隧道，見到雲海近在眼前，我感到一股哭泣之後的孤寂。

「妳所居住的城市，大概就是這樣吧。」

說著，從東京便與我同行的士兵伸手指向看得見谷底的小型部落。宛如孩提時見到的微縮模型，森林、寺院、河流、學校都變成嬌小可愛，農家的小院子裡，盛開著木槿、百日紅、短柄野芝麻、黃蜀葵、鼠尾草等花朵，因遠離東京而感到孤寂的我，總算能感到心靈的平靜。

火車裡空盪盪。我偶爾會吃著那塊妳原本想吃，卻給了我的狗狗巧克力，不久，面前的士兵輕輕踩了我的腳背。這個士兵只有額頭像塗了粉餅，特別白皙，肩膀則像板子一般健壯，不知道他到底把我當成幾歲的人了。

「這個……」

說著，他從印著富士山圖案的包袱裡，拿出葡萄跟硬麵包，放在我的膝上，我回敬他狗狗巧克力的尾巴。結果士兵一口吞下狗尾巴，用力踩了我的腳。

「好痛！」

我說得很小聲，不過士兵卻像是紅地圖一般，血氣從脖子一湧而上，整張臉都紅了起來。

在前往谷底的車站下車的人，只有我一個，士兵在車窗後方揮舞著帽子，不知道揮了多久。山裡的車站只有三名登山回家的學生，他們背著輕巧的後背包，等待開往東京的列車。

我帶著籃子、包袱等三件行李，所以我問了學生們，這裡有沒有公車。

「現在才四點，應該還有前往谷底的接駁車吧。」

說著，他露出有點奇怪的神情，看著我的臉噗嗤一笑。剩下的兩個人看了我的臉，一樣噗嗤一笑。。我覺得悲傷了起來，與妳分開時落下的淚水，再次滾落。

「我幫你把行李拿到接駁車吧。」

粗眉毛的學生也許是被我的眼淚嚇到了吧，雙手接過枴杖跟包袱，帶頭走在前方。

我們往下走到和緩傾斜的石子路，我正好回頭，看到車站的月台差不多在我眉毛上方的位置，上面的學生揮舞著雙手起鬨。

「喂，你們真配！」

「可別直接去小姐家過夜哦！」

我默不作聲，把身子縮得小小的往前走。

走到坡道的盡頭，突然遇見一道又大又湍急的溪流，橋另一頭有一座茅草屋頂的房子，屋沿掛著一面紅旗子。

「啊，時間還很充裕哦。」

後來，那位學生又跟我說了幾句話，不過黑色的下行貨物列車恰好從隧道裡急駛而來，所以我聽不清楚。

「妳的鼻子底下沾到煤灰了。」

我真是太丟臉了。我放下籃子，立刻拿出小鏡子照臉，唉，煤灰看起來宛如鬍鬚。一定是我跟你道別的時候，直接抹了哭泣的濕臉蛋吧。接著，我又覺得鬆了一口氣，突然開始懷念起那個踩我腳的士兵的潔白牙齒了。

因為我的突然造訪，谷底的家嚇了一跳，為我打掃清潔，他們全都是好人。下次再聊……。

加壽子

第二封信

百合江小姐

藍天秋風高，消逝已無蹤；
唯有在夢中，才能再相見。

我把拉開門全都拉開，在被窩裡看著天空，山肩上的白雲宛如輕風，迅速流動，我突然想起這首你喜歡的詩。

妳好嗎？

現在，我很幸福。平凡角落的生活，竟然為我帶來那麼多的驚喜。現在，我不知道該說什麼話才能表達我的感激之情。

活在俗世，在黃色、紅色與紫色燈光下逐漸虛弱的我，曾過著脆弱的舞孃生活，如今那段日子似乎如夢境一般離我遠我。我為什麼會遺忘這種崇高的平凡生活呢？

我的身體狀況日漸好轉了。人們說肺病是恐怖的疾病，不過我認為這是一場幸運的疾病。

不能釣魚的谷底歲月，我只能吃著新鮮蔬菜，倒也不覺得無趣。現在，鳥叫聲聽來宛如黃鶯，我聽見別院的小學老師的抱怨，對於光是看到魚鱗就覺得害怕的我來說，這裡猶如童話世界。

在這座谷底，和尚比農民威風多了。

「老師跟和尚，哪一位比較偉大呢？」

我問了村子裡的孩子，說是和尚比較偉大。儘管如此，和尚從早到晚都在跟村長喝酒。這裡的村長是一個大酒鬼，可是一個在馬的品評會喝到醉倒的酒中豪傑。

這戶人家的女兒大我一歲，年方十八，即將在月底嫁入下游的曼陀羅寺。她是一個髮色如墨，眼睛澄淨，宛如蕎麥花一般楚楚可憐的女子。別院的小學老師懂得西方的占卜，他說：

「九月新娘是美女也代表愛情，得人疼，卻緣分淺，最後將遭遇不幸。喂，阿國小姐，這下妳要當九月新娘了。」

不知道為什麼，他故意惹阿國小姐傷心，不知道是不是寺院的關係，阿國小姐不怎麼熱衷，整個人心不在焉，好可憐。

這裡的奶奶跟在妳家廚房做事的那群人差不多，十分可靠。

「呀，百合子大小姐也已經十七啦，沒想到已經過了十年，日子過得真快啊。」嫁女兒一半都是出於這位奶奶希望她出嫁的想法。別院的老師應該喜歡阿國小姐吧，經常吹著口哨，呼喊阿國小姐。

谷底的村子有許多飼養雞跟兔子的人家。這裡很和平。只要有人打噴嚏，全村的人都聽得見，是非常安靜的部落，在月色皎潔的夜晚，山裡的落葉松樹林宛如銀色的波浪。

奶奶說希望請妳來參加婚禮。這戶人家的成員包括奶奶、奶奶的兒子與媳婦，還有即將出嫁的女兒，她的弟弟、學校老師、我，真是悠閒的家庭。

妳願意來嗎？

代我向哥哥們問好。下次再聊……。

寫於谷底　加壽子

第三封信

百合江小姐

Merci bien !

我的胸口跳得好快，甚至以為我在作夢。請幻想一下勇哥畫的海洋風景、巧克力、酒心巧克力、科蒂的粉底、兩本雜誌，請妳想像一下我有多麼高興與開心。

再次說聲謝謝妳！我對城市果真無法抗拒。將一顆酒心巧克力放進嘴裡，我竟流下宛如酒心般的淚水。我把甜點分給這邊的人，除了老師以外，大家都說很苦，根本不喜歡。

我把海邊的風景放在房裡，讓小學老師欣賞勇哥的畫，他明明已經三十好幾了，還說想去東京學畫。

女兒勤奮地縫著傳統新娘用的和服。弟弟則在她的身邊，不知道給誰寫信。

「你很幸福，可以去唸書，姊姊只能縫衣服，連封信都不會寫。」

弟弟沉默地舔舔鉛筆。

姊姊以濕潤的雙眼發呆，一邊自言自語，一邊動著針線。在這片似乎已經被世人遺忘的谷底風景裡，也有這種可悲的污點。

別說電影了，就連村裡的野台戲也一樣，這裡很多人一年都看不到一、兩回。所以，村裡很少人帶著現金，都是用雞蛋交換石油，或是用鹽漬鮭魚交換蕎麵粉，是一個寂寥的村子。

下回我寄照片給妳吧。

請代我向大家問好，我現在很健康，家人說我胖了一點。

前陣子，我跟家裡的人一起醒來，煮完早餐後，到涼爽的落葉松樹林散步，獨自一人看著自己的影子，跳舞跳到渾身大汗。

我還是好想回到東京，站在舞台上。惠真子小姐、瀧子小姐還有雅子小姐，大家的舞藝一定都進步了吧。我好像被大家拋下了，好寂寞哦。清晨的落葉松樹林是無人之境。請妳想像獨自與影子共舞的加壽子吧。

真想快點把病治好。

好想見勇哥。他的來信跟電報總是很短，我真的好孤單寂寞。不好意思，說了一些抱怨的話。我會好好珍惜巧克力，細細品嚐。

祝好。

加壽子筆

第四封信

百合江小姐

因為上唇的鬍子，直到現在，勇哥還在叫我有可愛鬍子的加壽子。所以我回答他了。

我說有鬍子的我，忘不了思慕我的士兵的臉龐。那個士兵有點像勇哥，不過他跟勇哥不一樣，不是虛無主義者。

昨天夜裡，女兒嫁到下游的曼陀羅寺了。晚餐吃了像麩的魚板、金團[1]、烤鮭魚等等。新娘的腰際纏著紅色的包巾，走到未來的夫家。行李則放在家裡的馬上，奶奶也穿上現代感的傳統紋付和服，坐在載運行李的馬上，宛如過去的出遊遠行。大家都站在屋簷下目送，直到看不見燈籠為止。

「唉，不該生女兒的。」

女孩的母親說著，同時不停流著眼淚。

老師在別院躺成大字型，一直呼喊弟弟的名字。

「老師，什麼事？」

「你姊姊離開了嗎？」

「嗯，已經走了。」

我感到一股莫名的悲傷。我似乎明白老師的心意……那是一個宛如守靈夜般的寂寞夜晚。

在戶外泡澡的時候，喝醉酒的村長大聲叫喚，

「借酒澆愁的！恭喜你家女兒啊，我們家么女前陣子也出嫁了，做父母的都很辛苦啦。」

爸爸默不作聲地敲著菸管。

「喂，叫他進來喝一杯吧。」

媽媽可能把酒倒進酒瓶了吧。聽到咕嚕咕嚕的聲音。

這座貧窮的村子，到底會怎麼發展呢？

我放了兩張照片。

我應該已經完全化身為山裡的女人了吧？這張照片有個有趣的故事。這是村長先

譯註1 日本料理的一種，將栗子及地瓜捏成棉被的模樣，象徵財運亨通。

生家的長男洗給我的照片，他是 X 大學的學生，其實是我討厭的那種男性。因為洗了兩張照片給我，竟然每天晚上都來我的房間前面吹口哨。在這座谷底村，吹口哨好像是男性呼喚女性的暗號吧，他實在是太吵了，所以我對他大吼，「夠了！」

他竟然說口哨攻守兼備什麼的，是我與妳的枯芒之歌。愈來愈討厭了啦。這片美好的谷底風光，全都被這粗線條的青年給破壞掉了。

他打算繫著垂到肚臍的大學領帶，戴著學生帽，用這副德行在村子裡追女人，還真了不起。

那種感覺簡直就像收到一封詞藻華麗的信件，結果內容完全是抄襲而來的。

看到這種人，我都會想，城市果然不適合鄉下人。看到盯著土地，從早到晚都過著平凡生活的農民，我總是發自內心感到敬佩。

秋季展覽會快到了吧，勇哥的工作如何呢？今年也會兼差當模特兒賺零用錢嗎？前陣子，勇哥說他買顏料還剩下一些錢，寄了一些給我當零用錢。請幫我向他致謝。我很慶幸，有妳這個無話不談的好朋友。至於身體方面，好像還是躺著靜養比較好。

跳舞回來之後，頭都有點暈。
傍晚，我在戶外泡了放著桃葉的熱水，很早就上床休息了。
別院的老師半夜都在吟詩。他可能很難過吧。下次再聊。

加壽子

瑪瑙盤

覺得一切都很無聊的寒子，不知不覺中也跟蜜雪兒和洛洛跳起舞來。「我不覺得跳舞讓人忘卻一切的感覺很棒。出大事的時候，我才會有這種感覺。」

1

蜜雪兒是一個只喜歡吃魚的女子。

經過魚店前方，她總會把鼻子湊過去聞牡蠣籠上的一整排檸檬，老是用手指去按鯊魚的白色切口，明明不打算買，嘴裡卻又唸唸有詞，站在原地不肯離開。

蜜雪兒在南法出生，髮色則是充滿南國風情的黑色。

「年輕的小姐！我暗自哭泣了。」

來到寒子的公寓，她就會哭給對方看，這是蜜雪兒的拿手把戲。

「妳又暗自哭泣啦，真頭疼啊。」

蜜雪兒倚在寒子畫到一半的畫架上，著迷地說起暗自哭泣的事。

「妳寫信給河下先生嘛，跟他說蜜蜜又暗自哭泣了。」

蜜雪兒所謂的暗自哭泣之歌，一定是與這位河下的回憶吧。蜜雪兒偶爾會想起河下，把內容唱成歌。

雨啊下吧下吧
城島的海岸
下著利休鼠[1]之雨
雨是真珠嗎？
或黎明之霧？
又或是我的暗自哭泣

雖然是混著片語的歌詞，蜜雪兒懇切的聲音，仍然勾起寒子的鄉愁。

「別唱了，別阻礙我工作……」

於是蜜雪兒停止唱歌，在房間角落的床上翻了個身。

譯註1　帶暗綠的灰色。

「河下先生也是一個很愛吃魚的男人哦，買來鯛魚後，他會切成波浪狀，生吃或是用日本醬汁煮成紅色，再請我吃。」

蜜雪兒認真地提起她的日本前男友，寒子也有點感傷，繼續問下去。

「那個河下……住在日本的哪裡呢？」

「河下先生，聽說在神戶開飯店，……還有一個很大的老婆。我好傷心。」

從不同國情的女子口中說出來的話，到底有多少真心話呢？才剛到巴黎生活不久的寒子，沒辦法捉摸，不過每次她來的時候，都會提起河下的暗自哭泣，看來應該是與她有過刻骨銘心之戀的男人吧。

2

開窗的日子增加了。

寒子喜歡一直持續到夜間九點的巴黎漫長傍晚，在這段時間，她經常走在蒙帕納斯公墓之間的小巷。

瓦礫石鋪成的馬路沿著公墓圍牆，長滿了看似龍鬚的雜草。七葉樹的花宛如白蟻般散落，女人味十足的黃昏一直持續著。

順著這條路，……林蔭小路終於走到盡頭，來到電車大道，寒子讓口袋裡的鑰匙叮噹作響，不知怎地想起蜜雪兒唱的城島之歌。

「該不該去找蜜雪兒呢……」

來到巴黎之後，寒子沒有什麼朋友，為了打發漫長的傍晚，她聆聽著自己喀喀喀的腳步聲，不斷往前走。

來到一座灰色的女子學校，從石牆裡，傳來嫩葉被風吹拂的聲響，沙沙聲傳到蒙上黃昏色彩的馬路上。脖子上圍著紅色手帕的流氓們一時興起地瞄著寒子，叫著她：「Bonsoir，Mademoiselle.（晚安，小姐。）」後經過。

寒子彷彿靠吃顏料渣維生，耳邊傳來的巴黎風景，讓她感到神清氣爽，十分愜意。

南畫[2]風格的拉普拉德[3]，是否能將這巴黎的黃昏之聲，呈現於畫面之中呢？莫迪利亞尼[4]的女性腰部，是否也熟悉巴黎的黃昏呢？……描繪畫作時，若能意識著傍晚的聽覺饗宴，不知道該是多有趣，多愉快呢！總覺得漫長的傍晚很適合思考，是一段不可思議的時光。

蜜雪兒的閣樓小屋，位於聖米歇爾廣場附近的巷弄裡。這條街道也蒙上了一層灰，有許多小倉庫。

在這些建築物中，蜜雪兒的公寓算是特別老舊的石砌房子，警衛的入口有一段宛如肥料倉庫，會發出喀啦喀啦聲的巨大門扉。寒子拼命抬頭，抬到頭都痛了，向蜜雪兒的玻璃窗吹口哨，從她看不見的屋頂上方的窗子，也傳來「咻咻咻咻」的口哨答覆。

也許是石子路相當涼爽舒適，感覺得到貓族的氣息，某種黑色的生物，在石子路上匍匐前進。

「Bonsoir!（晚安！）」

「Ça va?（妳好嗎？）」

「Oui, Ça va bien!（是的，我很好！）」

蜜雪兒宛如西班牙人偶一般，頭上罩著黑色的蕾絲，穿著橘色的喇叭褲。

她露出手臂，滲出一些汗水，也許是夜裡的緣故，蜜雪兒的身體散發著怡人的香氣。

3

房裡，剛滿十八的女子在床上翻身，哼著歌。

譯註2 江戶時期的畫派，源於中國的南宗畫。

譯註3 Pierre Laprade，一八七五—一九三二。法國畫家。

譯註4 Amedeo Modigliani，一八八四—一九二〇。義大利藝術家，主要在巴黎活動。

白色的牆上掛著好幾顆乾巴巴的人偶頭，形成鬃刷一般的黑色影子。

床上的女子穿著一件天藍色睡衣，光裸的腿垂落到地板上。

身著睡衣的女子輕輕抬頭，以冷淡的聲音說：

「**Bonsoir!**（晚安！）」

她是一個額頭非常好看的女孩，和西班牙式的溫暖蜜雪兒相比，她的聲音則具有北國風情，空虛又冰冷。

「我今天從早上到現在都還沒吃飯呢……」

寒子還來不及脫下短外套，蜜雪兒搶先一步，把手搭在寒子纖瘦的肩膀上。

「喂，給我一點嘛。」

每回都是這樣，寒子也心領神會地從口袋抽出一張十法郎的鈔票，放在桌上，蜜雪兒則像孩子一般，親吻著寒子的臉頰，表達她的謝意。

也許是空氣的關係吧，房裡有股甜甜的氣味，月光從天窗裡照進來。歪斜的白牆壁上，掛著數張男性的照片。

從遠方看來，簡直像動物的照片，寒子心裡覺得有點幼稚，露出苦笑。

帶著十法郎的蜜雪兒，宛如上了發條的小狗似的，發出木魚般的聲響，躍下沒有電梯的石頭階梯。

女孩與寒子兩人獨處後，回歸寧靜，猶如一陣吹透身體的清風。……這時，女孩不再哼歌，伸長了白色的手臂，扭開枕邊的開關，點亮電燈。

寒子漫無目的地發呆著，肯定想著月光照進這小巧的閣樓房間，本以為早就開燈了。

「咦？還沒開燈嗎？……這月亮還真好。」

燈光暫時映在女子臉上，照亮她的臉，宛如水果般美麗。

「對啊，月亮真的很好，已經從天窗照了五個小時了，蜜雪兒也幻想了很多事，蜜雪兒好久沒吃雞蛋了，一直在講雞蛋，我則是覺得月光好像金幣。」

「蜜雪兒今天不用當模特兒嗎？」

「嗯，一星期頂多做五個小時吧，還是不要亂跑，睡覺比較好，巴黎的模特兒太多了，……現在還有很多女人同時接賣淫跟模特兒的工作，實在是快活不下去啦。」

女子看似無聊地，以纖長的十隻手指，伸進近似灰色的金髮當中，咳了起來。

她是一個體內有某種病灶的通透女子。……寒子沉默地站起來，走到房間角落，打開滿是塵埃的留聲機的蓋子，嘰嘰嘰地操作著。

4

「我邊走邊吃了。」

蜜雪兒手上拿著只剩一半的長棍麵包，還有一個小紙袋。

她從紙袋裡取出醋漬番茄、雞肉與紅色的水煮蛋。

「感謝招待。……洛洛妳也吃吧。」

把莫約一法郎的零錢放在桌上，蜜雪兒跟床上那名叫做洛洛的女子，像水鳥一般，急忙吃起麵包。

「啊，我快要看不見了，太好吃啦，昨天在咖啡廳喝了一杯咖啡跟可頌麵包，就沒再吃東西了呢，而且洛洛跟喜歡的人吵架……」

寒子並不覺得女子們吃飯的模樣美觀。像在跳蚤市場裡聽著破風琴的唱片，沉默地聽女子們說話。

「蜜雪兒，我覺得吃飯很無聊。」

「別胡說，妳肚子不是很餓嗎？」

「肚子餓跟吃飯是兩回事啊。」

「討厭，都一樣啦，……妳跟寒子很像，都是無聊女子耶，我們餓到現在才有飯吃，明天白天，說不定能找到打工的工作呢。」

蜜雪兒像是想起什麼似的，站在歪斜的鏡子前，整理頭髮。

「唉，什麼時候才能擁有一間有地毯、有浴室、有花束、有高級紅茶杯的房間呢？」

「蜜雪兒只知道這種事，擁有這種東西，人生還是一樣無聊啊。」

「哪有，人生就是這麼一回事哦，什麼是人生？妳的理想人生就是去日本大展身手啊……」

洛洛沉默地笑著起身，脫掉藍色的睡衣，只剩一件內衣，套上已經褪色的男性外套。

「我回去了……」

「嗯。」

站在洗手枱前的洛洛，用梳子梳理頭髮，有點憂鬱地望著鏡子裡的自己。那是一張宛如黃色梅花般的臉孔。

「我也要走了，我送妳吧。」

寒子也蓋上留聲機的蓋子，看了一下手錶，又望向鏡中的洛洛。

「我們三個一起走一段路吧。」

決定外出之後，房裡又熱鬧了起來，蜜雪兒又像是想起來似的，唱起「暗自哭泣」之歌。

三名女子各自在心裡自言自語，露出喜悅的笑容。

「嘸嘸嗦嗦……我談過兩段戀愛哦。」

「騙人！我的心裡還住著兩個女人呢。」

洛洛還是老樣子，總說著一些讓人搖頭的話。蜜雪兒哈哈大笑，鎖上房門。

她們走下七層樓的階梯。

原來如此，蜜雪兒說這裡是她的天堂，寒子覺得現在好像走下山林小徑。

洛洛不知道想起什麼，停下腳步說：

「唉，要是現在法國再革命一次就好了。」

5

女人的氣魄，比風、空氣更微不足道。

走在路上，風立刻滲進心裡，寒子突然不想回家了……莫名想跟男人呢喃細語……蜜雪兒跟洛洛也是一樣，走在路上，已經取出銀色的口紅，塗了好幾次。

「喂，寒子，要不要去跳舞？」

即使蜜雪兒沒開口，三名女子的都已經心癢難耐，想去宣洩一下了。

「Très Bon!（很棒！）」

洛洛興奮地以倫巴的舞姿扭動身體，逗得兩名女子發笑。

走到萬神殿後方的路上，她們遇見兩組巡警。也許是夜色太深，又或是月色轉亮，萬神殿的穹頂宛如基里訶[5]描繪的機器人的頭，看起來十分噁心。

洛洛突然有感而發。

「巴黎真是個性感的城市呢，待在房裡會在心裡發酵，出來走動，就好想大鬧一場，直到直線墜落為止。」

蜜雪兒與寒子都讚同她的說法。

這股煽情的氣息，是否隨著吹拂著巴黎街頭的風飄散呢？……每次轉過街角，都能看到好幾組接吻的人們。

舞廳裡已經沒什麼人了。裸露著肚臍以上部位的義大利女子，輪流跟兩、三名海軍跳著舞。寒子坐在椅子上，剩下兩名女子已經手拉著手，穿著外套就混進舞池裡了。身材高挑，戴著俄羅斯帽的蜜雪兒，成了這座舞池裡最美麗的人，兩、三名巴黎第一大學的學生，目光一直追逐著蜜雪兒二人組。

當音樂中斷時，蜜雪兒與洛洛站著飲用寒子點的啤酒，輕聲笑道：

「好多沒錢的人啊。」

覺得一切都很無聊的寒子，不知不覺中也跟蜜雪兒和洛洛跳起舞來。「我不覺得跳舞讓人忘卻一切的感覺很棒。出大事的時候，我才會有這種感覺。」洛洛跳著舞，偶爾會親吻寒子胸口的紫花地丁。

當她跟洛洛跳了好幾支舞時。

「妳看！蜜雪兒明明瞧不起學生，卻又被學生給纏上了……」

譯註5 Giorgio de Chirico，一八八八—一九七八。義大利畫家。

蜜雪兒在入口附近的桌子，十分開心地笑著，跟男子聊天。……男子看來還是學生，穿著稍嫌合身的西裝，不停露出皓齒微笑。他應該是氣質不差的北國男子吧，肌膚蒼白純淨，老鼠灰的襯衫非常適合他。

不久，蜜雪兒就勾著那名青年的手，走進舞池裡，貼著洛洛與寒子的肩膀，迅速向她們介紹後就離開了。

「我遇見我的未婚夫了，她們是我的好姊妹，……等一下一起慶祝吧。」

洛洛還是老樣子，說：「真嚇人。」稍微握了一下寒子的手，呵呵笑了。

「果然是蜜雪兒喜歡的型，很好看耶，我有點嫉妒了。」

洛洛經常隔著寒子的肩，向蜜雪兒拋媚眼，淘氣地吐著舌頭。

6

旅行社的店門口，突然擺滿夏季旅行的簡介。

女子們像魚似的，身著美麗的海邊流行色彩，走在茂密的七葉樹下。咖啡廳的露台上，也暫時撐起條紋的遮陽傘，巴黎儼然化為高山的花田。

寒子與蜜雪兒她們分開之後，一整個月都與靜物相處，維持了一個月的靜物難免也蒙上一層灰，沒有表情、沒有動作、沒有聲響的材料，已經讓她感到厭煩。

「好討厭哦，要不要聘請蜜雪兒，來畫個制服呢？還是……」

想著想著，風景的綠意突然映在調色盤上，寒子的心不再冷靜。

她仔細翻閱地圖，查好前往風景優美的鄉下的火車班次。

「楓丹白露的森林還不錯，還是我再走遠一點，去布列塔尼的海邊呢……」

與其找來高挑的模特兒，動來動去讓人心煩，不如畫風景吧，……寒子套上鞋子，心急地脫掉喇叭褲跟內衣。

「午安。」

門外傳來敲門聲。

「Qui es-tu?（是誰？）」

「我是洛洛。」

寒子嚇了一跳，打開門，

「啊，真是意外的訪客啊。」

她握住洛洛的手。

「怎麼想到過來？」

「我早就想來了。」

「有點可怕耶。」

「我是為了可怕的事來的。」

「可怕的事？」

「嗯。」

「嗯？」

「讓我喝很多水吧。」

「我有一些檸檬水。」

「好，給我一點吧，……妳真好。」

「這裡沒有男人嘛。」
「所以才奇怪啊……日本的男人跟女人都不太一樣呢。」
「是蜜雪兒那個大嘴巴說的嗎？」
「我很佩服。」
在這裡完全看不到洛洛在陽光下、在燈光下的甜美。……明明是夏季，洛洛的額頭卻像雪一樣冰冷，從貝蕾帽底下的泛灰色秀髮，可以看出她的生活十分匱乏。
「妳知道嗎？我現在是反聖女貞德派的哦。」

7

巴黎共產黨總部，就位於十四區狹小雜亂的城裡。
它的外觀彷彿日本鄉下可見的主日學校，偶爾路過的行人，只會遺忘這破舊的建築物，快步經過。……這座總部就連白天都會被人們遺忘，到了夜裡，也不知道是被誰破壞的，屋子前的路燈從來不曾亮過，幾乎不會引起任何人的注意。

明明是共產黨總部，……今天卻是燈火通明，兩名披著看似天使斗蓬的巡警，從昏暗的地下室裡，拉出一名沒戴帽子的女人。

燈火通明的二樓玻璃窗完全敞開，也許是留守的黨員吧。他們以流利的俄羅斯話，拍手、唱歌歡送這名沒戴帽子就被帶走的女人，即使已經轉過街角，瘋狂的喧鬧聲也不曾止息。在門口監看的巡警，也只是偶爾抬頭望向二樓微笑，過了一會兒，比之前更安靜的黑暗降臨。

寒子將洛洛託付給她的東西，連同喇叭褲一起塞進包包裡，叫車前往聖米歇爾廣場的燕子街。

星子似乎就要美麗地墜落。

喝醉的學生拉長了身子，想把自己的貝蕾帽掛在路燈上。寒子在那盞路燈前下車，在紅色手帕的男子的帶領之下，她來到由流氓看守的監獄夜總會裡。

在橘子箱一般的舞台上，十二、三名女孩踩著紅蘿蔔一般的長靴，跳著一種揉和非洲節奏的舞步。

吉他與風琴在石製天花板迴盪，那是宛如置身水底的清涼音色，女人們與男人們都隨性地醉倒在菸霧之中。

長臉、下巴有鬍子的男人，就是寒子要找的目標。……不過寒子很快就看到那名男子的笑容。他倚在油燈下方的桌子旁，看來像是睡著一般，正在啜飲加了梅子的雞尾酒。

她沉默地坐在桌邊，坐了好半晌。……不過寒子突然想起似的，拿出香菸，結果方才那名鬍鬚男特地拿起打火機幫寒子點菸。

時機來了。

剛分開的洛洛給了寒子一個重大的任務。

「謝謝！洛洛要被驅逐出境了。」

從寒子手上接過一份文件，鬍鬚男冰冷又美麗的視線望向文件。

「洛洛不是法國人嗎？」

「她是愛沙尼亞出生的混血兒。」

「哦，愛沙尼亞，……這樣啊。」

「過個三、四年就能回來啦……畫畫有趣嗎？」

「有趣……？」

寒子像是遭人窺探內心一般，沉默不語。

鬍鬚男重新點了一杯加梅子的雞尾酒，也為寒子點了一杯香甜的琴夏洛。

「日本的 XXX 是怎麼樣的呢？就妳所知的範圍回答就好。」

不過，以中產階級身分成長的寒子，根本不了解那些事。

「什麼怎麼樣？我只在報紙上看過。」

結果鬍鬚男突然改變話題，

「到日本需要多少旅費，我當然是指搭船……」

「二等艙差不多要七十英鎊吧。」

「二等啊，還蠻多的欸，……妳的日子過得不錯嘛，聽洛洛說，妳是個生活優渥的人。妳就好好唸書吧。妳喜歡誰的畫？……我也喜歡繪畫，繪畫理論我也很拿手哦。」

沒有人知道兩人的會談。

寒子窺探了不一樣的世界，當天夜裡，她的心跳非常劇烈。

8

寒子從調色盤聯想起綠色，原本打算搭火車到地圖上探訪，曾幾何時，那份熱情已經煙消雲散，她又過了好幾天，在蒙塵靜物上摸索的日子。

如今，洛洛已經遭到驅逐出境，根據其他模特兒的說法，蜜雪兒正在跟巴黎第一大學的文學院大學生談戀愛，……寒子依然孤獨，不知不覺中，她對自己的畫抱持著疑問。

「畫這些花、這些蘋果，到底是為了什麼呢？……對這個世界有意義嗎？」

她好想把畫筆折斷。

她寫了好幾封信，表示想要回家，家裡的來信永遠都是難得去了巴黎，還是完成學業再回來。「完成什麼啊……」

其他在巴黎的日本人畫家，都很羨慕寒子。

寒子也甘於現狀，非常悠閒地、隨著自己的步調精進自己的作畫技巧。不過，自從在監獄夜總會，與美麗眼睛的鬍鬚男見面之後，對一切感到無聊的寒子，愈來愈常發呆，想著一些無關緊要的事。

偶爾，她會到十四區的城裡走走，不過共產黨總部永遠都是門窗緊閉，不聞人聲。

她也多次拜訪蜜雪兒打工的地方，不過都沒碰到人，多半沒能見面，偶爾能碰上一面，對方總是心不在焉，擺出全副武裝的表情。

「現在是怎麼了……」

如此一來，寒子這才自覺自己是有錢人家不愁吃穿的大小姐，這個念頭也讓她感到痛苦不堪。

七月的革命紀念日，雙方明明還笑著跳舞，說要向對方介紹自己的未婚夫，自從那個夜晚過後，寒子一直過著舒適又無所事事的日子。

像是染上什麼重病似的，著迷於靜物畫，……寒子終於想通了，為了轉變方向，她每天都提著畫板，到塞納河的石子路上素描。她心想：

「來到巴黎，這種情緒的累積，只會讓自己精神衰弱。」

於是她試著走上街頭，她對里昂車站的第一印象已經逐漸崩塌，早已成了商務景色。

寒子挺著胸，深深吸一口氣。

她的雙腳像男人一般張開，用力踩在地面，再扛起畫板。

瞇眼一看，聖米歇爾橋、樹木、建築都鮮明誘人。只要從炭精筆的心臟，描繪出由聽覺構成的巴黎姿態，這就是我的工作，如果要我成為革命家，就應該讓我生在一個家境更差的家庭。我明明就生在一個家產一、兩年都花不完的富貴人家，為什麼必須毫無意義地感受那些我喜愛的美好事物呢？下次有人問我「有趣嗎？」我一定會大聲、明確地回答：「非常有趣！」

9

「Bonjour!（你好！）」

當寒子正在描繪眼鏡型的橋梁時。有隻白皙大手拍拍她的背。寒子嚇了一跳，轉頭一看，在她上方的人正是那位澄澈美麗的鬍鬚男。

不過，他已經把鬍鬚刮乾淨了，呈現符合青年原本年紀的美貌。

「好久不見……」

「我經常在橋上看到妳，……還是一樣有趣吧？」

「有趣……」

剛剛才想要逞威風，說：「我覺得畫畫很有趣。」那句話卻已經幻化為泡影，消失在這名男子面前。

寒子刻意轉移話題，問起洛洛的事，男子笑了，回答最快再三、四年，洛洛就會睡在巴黎的屋頂之下。

嫌麻煩的洛洛已經進入巴黎，在巴黎街頭的某個角落沉眠。

雨滴打在鼻頭上。

風迅速地吹動七葉樹的枝椏，把它吹成一把張開的雨傘，雨雲已經散去，雨打在額頭上，很痛。

「唉呀呀」

男子將黑色風衣套在寒子頭上，摟過她的身體，逃進橋下。

「嚇了一跳……」

「沒事的，這雨馬上就會停，……我最喜歡巴黎的雨了。」

兩人坐在橋下的排水管上，望著從高處打在石子路面的雨勢。

小狗全身濕漉漉地趴在兩人的腳邊。

河水突然變成乳白色，流速湍急。

「會不會冷？」

突如其來的親切問候，讓寒子感到困惑，轉頭一看，宛如支架的大手抱住寒子的肩，男子的唇封住寒子被雨水打濕的唇瓣。

一時之間，她安靜地用心感受交接的唇瓣。寒子就像被人長時間置之不理的嬰兒，流下眼淚，百感交集地發出聲音。

各式各樣的話語，猶如洪水大量湧現，不過那都是故鄉日本的話語。

兩人的唇分開之時，雨勢差不多已經停歇，逃進來躲雨的釣魚少年，再次沿著河邊往前走。

兩人一直沉默不語。唯有沉默能吸走這份感情的氛圍。

雨勢止息後，七葉樹再次變回收起的傘，迅速地將水甩乾，比往常更翠綠美好。

「你現在要去哪？」

男人先走一步。

「現在……我要去赴死。」

「赴死？」

「對，……用這個！」

男子向她展示口袋裡的黑色槍口。

10

寒子覺得自己快瘋了。

寒子原本像朵溫室玫瑰一般長大，如今她的體內有一匹著火的長頸鹿，不停奔跑。

起床之後，她不停翻閱巴黎晚報，果然看到那男人的臉。今天早上，她才跟那男人一起躲雨，在「藍俄青年暗殺首相」的斗大標題下，刊登著自稱非紅俄[6]及白俄，而是藍俄[7]的青年照片。

「是他，是他！」

寒子只能抱著空氣哭泣。

「他去死了。」

想不到那男人輕鬆地與她道別，後來竟然接近去看畫展的法國首相，企圖開槍攻擊。

寒子覺得坐立難安。

「對了！去找蜜雪兒吧，她可能知道洛洛的下落，說不定也知道她的現況。」

寒子覺得車子開得太慢了，行進中不停地敲打玻璃窗，惹得司機生氣。

……那是一個漫長的傍晚。

約莫九點左右，寺塔傳來關門的鐘聲。

下車後，寒子「咻咻、咻咻」地吹著口哨，呼喚蜜雪兒，卻沒有任何回應。

警衛冷淡地說：「今天早上就沒下樓了。」

「是不是生病了？」

「如果貧窮算病的話，……跟年輕男人在一起，應該也不在乎窮不窮了吧，不過我們的房子可不是蓋在空中的，快要受不了啦。」

看來蜜雪兒還是很缺錢。既然如此，為什麼不來跟她借錢呢？寒子在昏暗的屋子裡摸索，一步一步往上爬，她覺得很傷心。

在低矮天花板的走廊，她好不容易劃亮火柴，尋找門牌號碼。

「蜜雪兒！」

「……」

譯註6　指大俄羅斯，過去俄羅斯政權的領土。

譯註7　指小俄羅斯，今烏克蘭。

「Bonsoir!（晚安！）」

「……」

「Bonsoir!（晚安！）」

「嗚……」

「蜜雪兒！是我，我是寒子，快開門！」

「……」

「妳在家吧？出大事了，拜託開門！」

「嗚……」

「Bonsoir!（晚安！）蜜雪兒！」

對於門後傳來的微弱呻吟，寒子拿出她全部的耐心。

門緊緊關著。

「我不是警衛哦！」

「嗚……」

寒子終於像瘋子似的，瘋狂拍打門扉。沒想到隔壁開門了，一頭銀髮的美麗女子小聲叫住寒子，「Mademoiselle.（小姐）。」

「那個……很奇怪耶，剛才就傳出瓦斯味，臭得不得了，如果妳是她的朋友，可以麻煩妳找警衛來開門嗎？」

說到這裡，走廊的確有股瓦斯味。剛才一直大聲喊，讓寒子滿身大汗，差點要暈過去。

「妳有沒有聞到？」

寒子與銀髮女子把鼻子湊近蜜雪兒的門口，認真聞著。

「Bonsoir!（晚安！）」

「Bonsoir,Madame!（晚安，夫人！）」

「嗚……嗚……」

那是呻吟聲。是蜜雪兒的聲音。寒子跟銀髮女子已經記不得她們怎麼從七樓來到警衛的身邊。當警衛拿著鑰匙衝到七樓時，寒子只覺得腦袋裡的血管緊繃，差點要爆開了。

11

在小小的三角形屋頂之下，蜜雪兒在床上沉睡著。

洗臉枱下方則躺著之前曾經在舞廳見過的美麗青年。

「笨蛋……不知羞恥！」

憤怒立刻讓第六感產生恐懼心理，全身發抖。

警衛打開所有的窗戶，然後大罵一番。樓下的住戶也受到驚動，紛紛上樓。

「蜜雪兒！是我，我是寒子！」

也許是慢了一步吧，曾經那麼開朗的蜜雪兒與那位青年，都沒能活過來。

房間裡留著洛洛曾經用過的梳子，掛著詭異的人偶頭，清潔、乾淨的只有兩人的身體，以及兩雙鞋子。牆上的照片也被撕下來，這一個月以來，蜜雪兒不知過得多麼窮途潦倒，房裡幾乎什麼都沒有。

那個曾經說「什麼時候才能擁有一間有地毯、有浴室、有花束、有高級紅茶杯的房間」的蜜雪兒！

趁著巡警還沒到場，寒子上街買蜜雪兒一直想要的花束。傍晚的天色卻已經在她沉思之中轉暗。每家店都關門了。花店的玻璃窗裡，擺著高價的薔薇與蘭花，不過這家店的鐵門也拉下來了。

寒子突然感到不安。

她回家拿一束原本用來畫靜物的薔薇，突然感到一陣好似哭泣過後的爽快情緒，急著出門。

「大家都是孤單的人，蜜雪兒、洛洛、連那個男人也是……」

那個開槍的男人，在開槍之前，一定覺得忐忑不安。為了找到安寧，他暫時利用了我的雙唇，我為什麼要責怪他？我更不需要哭泣、傷心。我只要開心地畫畫就好了，寒子若無其事地挑眉。在房裡留下兩天芳香的白薔薇，宛如飛舞的蝴蝶一般，散落在馬路上。

雨是真珠嗎？
或黎明之霧？
又或是我的
暗自哭泣

深愛著蜜雪兒，教她唱雨之歌的日本男人，說不定現在正攤開一百號的畫布，畫著妻子的裸體吧。

寒子脫下白色的皮革手套，叫住一輛適合舉辦心靈葬禮的藍色計程車。

◎作者簡介

林芙美子・はやし　ふみこ

一九〇三—一九五一

暢銷女流小說家。出生於北九州門司市。廣島縣尾道市立高等女學校畢業後前往東京，為求生計做過幫傭、餐廳侍女、小販、廣告員等各種雜務勞動，看盡當時社會底層的人生百態，二十七歲出版自傳體長篇小說《放浪記》確立文壇地位，隨後發表〈手風琴與魚之小鎮〉，以及描寫夫妻日常生活的〈清貧之書〉大獲好評。曾獨身遠赴巴黎旅行，二戰期間更以戰地作家身分前往中國、爪哇、法屬印度高原等地，拓展創作視野與內涵。撰有〈晚菊〉、〈浮雲〉等代表作，刻畫戰後日本社會男女間的苦澀情感流動，並以〈晚菊〉獲得第三屆「女流文學者獎」。

林芙美子短篇小說選：有苦有樂的放浪人生

書　　名　林芙美子短篇小說選：有苦有樂的放浪人生
作　　者　林芙美子
譯　　者　侯詠馨
策　　劃　好室書品
特約編輯　霍爾
封面設計　謝宛廷
內頁美編　洪志杰

發 行 人　程顯灝
總 編 輯　盧美娜
美術編輯　博威廣告
製作設計　國義傳播
發 行 部　侯莉莉
印　　務　許丁財
法律顧問　樸泰國際法律事務所許家華律師

藝文空間　三友藝文複合空間
地　　址　106 台北市安和路 2 段 213 號 9 樓
電　　話　(02)2377-1163

出 版 者　四塊玉文創有限公司
地　　址　106 台北市安和路 2 段 213 號 9 樓
電　　話　（02）2377-1163、（02）2377-4155
傳　　真　（02）2377-1213、（02）2377-4355
E-mail　service@sanyau.com.tw
郵政劃撥　05844889 三友圖書有限公司

總 經 銷　大和書報圖書股份有限公司
地　　址　新北市新莊區五工五路 2 號
電　　話　（02）8990-2588
傳　　真　（02）2299-7900

初　　版　2023 年 12 月
定　　價　新台幣 415 元
ISBN　978-626-7096-74-1（平裝）

國家圖書館出版品預行編目 (CIP) 資料

林芙美子短篇小說選：有苦有樂的放浪人生 / 林芙美子 著；侯詠馨 譯 .-- 初版 . -- 台北市：四塊玉文創有限公司 , 2023.12　208 面；14.8X21 公分 . --（小感日常：23）
ISBN 978-626-7096-74-1（平裝）

861.57　　112019293

三友官網

三友 Line@

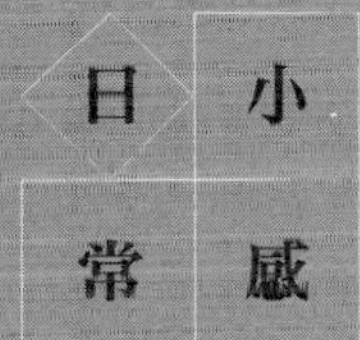
小感
日常

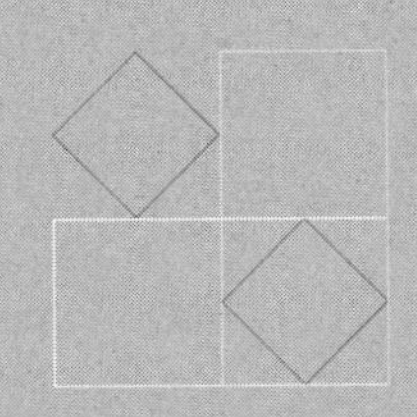